I0670832

$\mathcal{S}a$ Douce Séduction

Et Tout a Basculé – Une Nouvelle

Caroline Sam's

Je dédicace ce spin-off à mes enfants et vous chers lecteurs.

PROLOGUE

— Tout va bien Alessandro ?

La voix, pourtant si calme, du notaire me fit sursauter.

Cela faisait quelques minutes déjà que je fixais la première page du testament, n'ayant pas la force de passer à la suivante. Ma vue se brouillait à cause des larmes que je retenais, et les lettres noires en devenaient floues puis se dissipaient dans le papier blanc.

Peu de choses avaient de sens, ces derniers temps. J'avais tout juste dix-neuf ans, ça n'aurait pas dû arriver, je n'aurais pas dû faire face à ces responsabilités.

La compassion, que je devinais dans le regard du Maître alors qu'il me dévisageait, ne fit rien pour calmer le stress que je ressentais. Je pris une grande inspiration et, avec un peu de concentration, je parvins finalement à l'ultime feuillet du document.

Je sentis un immense vide quand je vis le notaire désigner un emplacement de sa main. Oui, c'est vrai, je devais signer ici. Je saisis le stylo qu'il me présentait et, lorsque je traçai le 'C' sur la dernière page, je ne pus qu'avoir une pensée pour mon défunt père.

Papa venait à peine d'être mis sous terre que je paraphai cet acte attestant de mon nouveau rôle de PDG. C'était à la fois cruel et prématuré, mais j'allais devoir faire de mon mieux malgré la situation. Il avait été foudroyé par un cancer du pancréas et, sur son lit de mort, il m'avait fait promettre de prendre soin de sa société. Bien qu'il s'en gardât, je me doutais bien qu'il lui avait coûté de ne pas me rappeler tous les sacrifices qu'il avait faits pour la maintenir à flot.

Toute ma vie, je me souviendrai du regard si tendre et triste de ma mère, quand il lui avait pris la main pour la dernière fois. Je ne les avais jamais vus aussi proches, et ce moment, pendant lequel les mots avaient été de trop, contrastait avec la mémoire de leurs disputes que je retenais de mon enfance. Certes, je n'avais manqué de rien si on omettait l'absence de mes parents, qui n'étaient que très rarement à la maison.

Mon père s'était plongé corps et âme dans cette entreprise, nous délaissant très souvent. Ma mère avait fait tout son possible pour m'apporter son soutien, mais je m'étais rendu compte qu'elle était profondément malheureuse. Elle aimait énormément mon père et avait besoin de sa présence à ses côtés, et elle souffrait qu'il se soit choisi une nouvelle épouse : Contini Inc.

Le souvenir de ses pleurs quand elle pensait que je n'étais pas là, de la tristesse et la mélancolie sur son visage quand elle croyait que je ne regardais pas, resteront à jamais gravés dans mon esprit. À sept ans, j'avais deviné la manière dont fonctionnaient les choses. J'avais compris qu'elle se sentait impuissante face à la situation et qu'elle ne pourrait jamais rivaliser avec la firme de son mari. Je n'ai jamais accepté la raison pour laquelle mon père faisait tout ça : à quoi cela nous servait-il qu'il sacrifie sa vie à son entreprise pour nous donner un certain confort alors que nous avions juste besoin de lui ?

J'avais fait comme si je pouvais vivre sans elle ; elle partait le matin, se créait de nouvelles occupations, et revenait le soir. Parfois, je m'arrangeais pour lui offrir des vacances de plusieurs semaines à l'étranger, et elle réapparaissait toujours le sourire aux lèvres.

Elle était nettement plus heureuse ainsi, et je m'étais endurci.

Alors, les voir prenant enfin conscience que la mort les séparerait à tout jamais, me donna l'impression de prendre un coup dans le ventre et que tout l'oxygène de la pièce avait soudain disparu.

Nous nous étions réunis autour de lui lorsque les médecins nous avaient dit que la fin était proche. Cet homme que j'avais connu si fier et si fort ne serait bientôt plus, et je ne pouvais m'empêcher de penser que tout ceci n'avait été qu'un beau gâchis. Ses dernières paroles furent pour moi :

— Tu ne pourras jamais me pardonner mes erreurs et mes absences, mais je te confie ta mère et l'entreprise, pour laquelle je me suis battu toute ma vie, pour que tu aies un héritage digne de ce nom. Je compte sur toi, mon fils.

Je serrai les dents en remarquant que l'importance qu'il avait accordée à son travail avait creusé un fossé entre nous, et qu'il continuait de croire qu'il avait fait au mieux pour sa famille.

Il ferma les yeux et s'endormit ainsi, me laissant des responsabilités auxquelles je n'étais pas préparé, mais je n'avais pas d'autre choix que d'assumer ce qu'il me léguait. Ça aurait été gâcher deux décennies de sacrifices dont j'avais fait les frais.

Ce jour-là, je me fis la promesse de respecter sa volonté, mais aussi de ne pas répéter ses erreurs. Durant les années qui suivirent ce bouleversement dans ma vie, les journalistes me décrivirent comme étant un jeune homme très ambitieux réussissant avec brio le maintien de la firme familiale, ce qui me réconforta dans ma mission et paya par son insolent succès. J'avais intégralement restructuré l'entreprise, retirant ce qui était obsolète et innovant toujours pour aller plus haut que les sommets.

La presse à scandale, quant à elle, aimait me donner une tout autre image, franchement bien moins glamour et reluisante que celle de ma vitrine professionnelle. J'étais à leurs yeux un coureur de jupons, et me présenter à chaque sortie officielle avec une conquête différente trois fois l'an n'aidait pas à démentir la rumeur. Et chaque femme à mon bras était plus exquise que la précédente.

C'était un avantage de ma récente reconnaissance mondiale dans le milieu des affaires : je fréquentais de très belles créatures, mais toutes étaient attirées aussi bien par ma fortune que par ce côté inaccessible que décrivaient les journalistes.

Avoir des relations de convenance était à double tranchant. Elles ne comptaient pas pour moi et elles m'ajoutaient à leur tableau de chasse avant de partir chercher une nouvelle proie. Certaines s'attachaient trop émotionnellement et compliquaient les choses, c'est pourquoi je donnais un temps limité à chacune de mes fréquentations.

Mais au fond, si on creusait derrière la façade de ma vie, il n'y avait qu'un grand vide.

Était-ce le destin que je voulais ?

Je m'étais fait la promesse de ne pas faire la même erreur que mon père. Pour réaliser ce vœu, je souhaitais plus que tout trouver un jour la femme qui ne se laisserait pas aveugler par l'argent. Et surtout, si une telle personne pouvait exister, je ferais tout ce qui est en mon pouvoir pour la rendre heureuse, même si je devais abandonner l'entreprise de mon père pour elle.

Je refusais de passer à côté de ce qui était important dans ma vie.

PARTIE 1
ALESSANDRO

*'Rdv ce soir à la plage, bière et compagnie fournies. **Tu peux
venir accompagné'***

Je ne pus m'empêcher de hausser un sourcil ; Claudio ne
proposait ce genre de sorties que lorsque j'avais l'air au bout du
rouleau. Il me fallait admettre que je ne prêtais pas attention aux
heures de travail que j'abattais. Sur ce point, j'avais clairement
failli à la promesse que je m'étais faite, et après tout, ça ne me
ferait sans doute pas de mal de passer quelques heures de détente
sur la plage.

Je jetai un rapide coup d'œil sur mon planner ; j'avais encore
le dossier de partenariat Et-Real à compléter – oh, j'avais
sûrement toute une petite armée de juristes compétents qui
auraient pu s'en charger, mais j'aimais préparer les affaires
importantes, surtout lorsque le contrat impliquait des sommes très
conséquentes. Après tout, je pouvais partir quand je le désirais.

Je tapai rapidement ma réponse :

'20 h, ça ira ?'

J'avais à peine eu le temps de reposer le téléphone que
quelqu'un se présenta à la porte de mon bureau et entra sans
frapper. Seules deux personnes pouvaient se le permettre : ma

secrétaire si l'heure était grave et Montanari, Directeur du département Finance et également l'un des plus anciens employés toujours en service de la boîte.

Il avait l'âge de mon père, et ils étaient d'ailleurs amis d'enfance. Lorsque l'entreprise avait commencé à décoller, mon père lui avait proposé un travail ici. De simple comptable, il était passé au Conseil d'Administration de Contini Inc.

Lorsque j'étais arrivé à la tête de cette boîte, il m'avait guidé et aidé à trouver mes marques, son dogme étant 'tu es un PDG avec 3000 personnes sous tes ordres et des bénéfices à 9 chiffres, comporte-toi comme tel.'

J'avais suivi son conseil et j'avais rapidement été la cible des paparazzis qui m'accordaient une réputation assez croustillante. Montanari m'avait alors recommandé :

— Soit tu leur donnes raison, mais tu choisis bien avec qui tu vas pour étendre ton réseau, soit tu laisses.

J'étais jeune, je croulais sous les responsabilités et j'avais besoin d'être insouciant, parfois. Inconsciemment, j'avais deviné ce que certaines femmes attendaient de moi, et je me rendis vite compte de ce que je pouvais en obtenir.

— J'ai entendu dire que tu travaillais sur le dossier pour Et-Real ; je viens te prêter main-forte, m'annonça-t-il en souriant.

Je lui souris en retour et lui fis signe de s'installer tout en glissant vers son côté certaines feuilles du corpus pour qu'il les vérifie, et j'en profitai pour voir la réponse de Claudio. Celui-ci me confirmait que je pouvais passer quand je voulais.

— J'envoie un SMS, et je reviens vers toi, dis-je à mon mentor.

— Prends ton temps, mon garçon, m'assura-t-il.

Je tapai rapidement un *'Tu pourras me rejoindre au siège de la boîte à 19 h 30 ? Soirée sur la plage avec des amis'* à ma relation du moment, et reposai le téléphone.

Montanari était plongé dans la liasse de feuilles et avait commencé à faire quelques annotations.

— J'ai une soirée prévue tout à l'heure, je devrai partir à 19 h 30, m'excusai-je.

Il fit un signe de la main pour dire que ça n'avait pas d'importance.

— Tu peux y aller à l'heure que tu veux. Je n'ai rien de particulier à faire aujourd'hui, alors je pourrai rentrer les pièces au fichier électronique.

Je fis la moue.

— J'ai des scrupules à te laisser faire tout le travail.

— Mais non, répliqua-t-il. Tu es jeune, il faut que tu en profites.

Je souris avant de m'installer sur mon siège, et nous nous penchâmes de nouveau sur le cas en cours. Montanari me parla des amendements qu'il jugeait pertinents – je me doutais qu'il avait dû prendre pleinement conscience du dossier au préalable, il n'aurait jamais pu mettre ces notes sans prendre en compte la proposition dans son intégrité.

Je laissai les coins de ma bouche s'étirer de contentement, heureux d'avoir quelqu'un d'aussi compétent auprès de moi. Je ne vis pas les heures passer et mon collègue dut presque me chasser de mon propre bureau.

— File, je terminerai chez moi.

Je lui fis une poignée de main et murmurai un 'merci' avant de monter dans l'ascenseur, direction le hall.

J'avais invité Maria, ma conquête actuelle, à se joindre à moi. Elle était mannequin, blonde, élancée et avec de magnifiques yeux marron qui s'éclairaient lorsqu'elle me regardait – c'était indéniablement une très belle fille qui ne manquerait pas d'avoir quelques opportunités intéressantes quand notre 'relation' serait finie. Comme moi, elle aimait plaisanter sur beaucoup de choses et c'était un trait de caractère que j'appréciais chez une femme.

J'allais amorcer dès ce soir notre rupture à venir. Je savais que Maria avait été contactée par son agent, qui me tenait au courant de tout ce qu'on lui proposait, pour un shooting à l'étranger et qu'elle hésitait à y aller. D'autre part, je sentais bien qu'elle pouvait aussi espérer quelqu'un de plus attentionné que moi, quelqu'un qui n'aurait aucun scrupule à partir plus tôt du travail pour la retrouver. Je ne ressentais pas cette envie avec elle, simplement parce que notre relation était purement convenue avec quelques bénéfices. Il était temps pour moi de rompre, car je n'étais pas un salaud au point de laisser une femme gâcher une opportunité alors que je savais que c'était bientôt terminé entre nous.

J'avais rencontré Maria dans une soirée un peu jet-set organisée par une maison de disque pour le lancement de leurs nouveaux talents. J'avais d'abord haussé plus d'un sourcil en voyant la tenue dont elle était habillée et qui dévoilait beaucoup de choses. Les requins avaient été de sortie, car beaucoup l'avaient observée sans retenue. Au détour de plusieurs conversations, j'avais appris que c'était une jeune mannequin qui n'avait pas grand-chose dans son portfolio.

Je connaissais les techniques peu scrupuleuses qu'utilisaient certains agents : balancer des filles qui débutaient dans la fosse aux lions et espérer qu'elles coucheraient avec un gros poisson. Certaines étaient d'accord avec ça, d'autres devaient le faire par nécessité.

Ce qui devait arriver arriva : au fur et à mesure que l'alcool avait coulé à flots, que de la drogue avait commencé à circuler, des mains s'étaient faites baladeuses et plus aucune retenue n'avait été de rigueur.

Je l'avais observée suivre un homme qui lui faisait des avances peu subtiles depuis le début de la soirée. Lorsqu'elle avait tourné les yeux vers moi, j'y avais lu la même chose que dans le regard de ma mère : un appel à l'aide.

J'avais presque couru vers elle, sans réfléchir, et lui avais adressé la parole comme si nous nous connaissions. Quand l'homme qui l'entraînait dans un coin sombre montra qu'il ne l'entendait pas de cette oreille, j'avais retiré ma veste de costume et l'avait mise sur ses épaules avant de glisser mon bras autour de sa taille et de dire 'viens, on y va'.

Une fois dans la voiture, elle avait commencé à défaire ma braguette. J'avais posé mes mains sur les siennes – elles tremblaient – et lui avais alors déclaré :

— Je ne suis pas comme eux ; je ne force jamais une femme, encore moins lorsqu'elle a peur et qu'elle pleure.

Elle avait éclaté en sanglots et je lui avais prêté mon épaule. Entre deux hoquets, elle m'avait donné son adresse, que je lui avais demandée pour la ramener chez elle ; c'était dans un quartier sordide où les loyers étaient aussi élevés que la sécurité qu'on pouvait y avoir en étant une jolie femme seule.

— Quelqu'un t'attend là-bas ?

Elle avait fait un 'non' de la tête, et je l'avais conduit à un hôtel qui, même s'il n'était pas du plus grand luxe, était discret et offrait tout le confort dont elle aurait besoin. Je payai pour la semaine, ajoutai quelques billets pour qu'on lui apporte des vêtements à sa taille, glissai des pourboires où il le fallait et l'avais accompagnée à sa chambre pour lui confier mon numéro privé et lui remettre la carte de visite d'un agent que je connaissais et qui avait des méthodes nettement plus respectueuses. Je la priai de lui téléphoner dès demain et de s'attacher ses services sans attendre.

Elle m'avait regardé, perdue, ne comprenant pas comment je pouvais faire ça pour elle sans qu'elle ait quoi que ce soit à me donner. J'étais alors libre de toute relation, donc je lui avais suggéré que nous soyons 'ensemble' uniquement si elle y consentait totalement, mais qu'elle pouvait en parler avec son nouvel agent.

C'était ainsi que j'avais sorti Maria de l'anonymat. Son agent, qui était bien déterminé à faire décoller sa carrière sans la jeter en pâture à quelque pervers, avait proposé d'utiliser la protection que j'étais décidé à lui offrir et avait savamment planifié notre première sortie officielle. Dès le lendemain, Maria était appelée pour être en couverture d'un magazine de mode.

Quelques fois, quand nous nous sentions seuls et avions besoin de réconfort, les choses arrivaient sur un lit, et lors de nos longues discussions après l'amour, j'avais eu l'occasion d'en apprendre plus sur elle. C'était une fille du Nord, originaire d'un village paumé avec un hôtel-restaurant et une minuscule supérette qui tenait dans le rez-de-chaussée d'une maison. Le nombre de moutons dépassait celui des habitants de son patelin. Son premier agent s'était perdu et avait dû attendre une dépanneuse ; comme il ne serait pas remorqué d'ici le lendemain, il avait échoué dans l'auberge où elle travaillait, et il lui avait fait miroiter la belle vie de la capitale.

Maintenant que je la voyais se tenir devant moi, remplie d'assurance et avec un avenir prometteur qui se profilait, j'étais convaincu que je ne pourrais rien lui apporter de plus, et qu'il fallait qu'elle vole de ses propres ailes. De surcroît, même si j'avais l'impression de lui avoir offert mon aide au moment où elle en avait le plus besoin, il manquait ce petit quelque chose que je désespérais trouver : l'honnêteté et la complicité que l'on peut avoir juste avec de simples regards.

— Bonsoir, dit-elle en m'embrassant doucement.

Je passai mon bras autour de sa taille et la conduisis au garage où nous attendait ma voiture.

À cette heure, sortir du centre-ville fut assez facile, et je pris rapidement la route le long de la côte pendant que Maria me parlait de ses projets en cours, ou des derniers potins. Elle n'évoqua pas une seule fois la proposition du shooting de Rinaldi. Je ne pouvais pas croire qu'elle y avait renoncé.

Lorsque j'entrebâillai la portière sur le parking juste à côté de la plage, je sentis l'air encore chaud accumulé pendant la journée, d'une température extraordinairement élevée pour ce mois de février, et l'odeur saline de la mer. J'adorais le son des vagues et le bruit du sable qui roulait sous l'écume m'apaisa immédiatement.

Je tournai autour de la voiture et ouvris la porte de Maria. Je l'aidai à descendre et elle me prit la main avant de me suivre jusqu'à la ligne de sable. Je plissai les yeux et cherchai Claudio du regard parmi le groupe d'une vingtaine de personnes qui s'était réuni.

Je le vis depuis le haut de la plage, il rajoutait un morceau de bois flottant dans le brasier et parlait à une femme. Claudio était impossible à rater avec son mètre quatre-vingt-dix, son allure musclée et la masse noire de cheveux qui arrivaient jusqu'à ses omoplates et qu'il avait coiffé en man bun – ce qu'il estimait être le summum de la classitude. J'étais quasiment certain qu'il avait un ancêtre espagnol dans son arbre généalogique.

Lui et moi étions très complices et il était le frère que je n'avais pas eu. Lui aussi, il avait été délaissé dans sa jeunesse à cause de la vie professionnelle de ses parents, et nous avions trouvé un réconfort mutuel dans la présence de l'autre dès notre plus tendre enfance. Notre attachement avait perduré avec le temps, et il va sans dire que nous avions fait les quatre cents coups pendant notre adolescence.

J'accueillais ce moment de détente avec beaucoup de soulagement ; lorsqu'il organisait une soirée de ce genre, j'étais certain de décrocher au moins quelques heures de ma routine de travail. C'était surtout l'occasion pour qu'on puisse se retrouver tous les deux, mais il partait du principe que d'autres pouvaient en profiter aussi et il avait lancé l'invitation dans tout son réseau de personnes triées sur le volet.

Claudio arriva à notre rencontre, ses pieds nus s'enfonçant dans le sable à chaque pas.

— Bonsoir vous deux, dit-il en me tapotant sur l'épaule.

Il connaissait déjà Maria, cela faisait plusieurs fois qu'il me voyait avec elle à l'occasion de soirées caritatives, et immanquablement dans la presse. Je lui répondis d'un large sourire.

— Salut Claudio, fis-je. Tu as laissé Celia à la maison ce soir, ou quoi ?

Tous deux filaient le parfait amour depuis un peu plus de deux ans, et j'étais heureux pour lui, car je ne l'avais jamais vu aussi comblé.

— Elle devait garder sa petite nièce, avoua-t-il en levant les yeux au ciel. Son frère a dû aller en urgence chez ses beaux parents avec sa femme – il y a un arbre qui menace de s'effondrer sur la maison.

Il salua Maria en lui faisant la bise.

— Quelque chose me dit qu'ils ont appelé toute la famille en renfort et qu'ils vont en profiter pour fêter tous les anniversaires en retard, devinai-je.

— Je pense aussi. Donc c'est pour ça que je risque de partir en même temps que toi pour ne pas laisser Celia trop longtemps seule avec la petite.

Joignant le geste à la parole, il nous conduisit jusqu'aux glacières.

— Maria, tu voudras une bière ? lui proposa-t-il en lui montrant la boisson et l'ouvre-bouteille. Elles sont faites par un producteur du coin. On a également des mojitos et des jus de fruits.

Elle accepta juste la bière et se tourna vers moi pour que je m'en occupe. Je vis Claudio sourire d'un air amusé tout en me tendant l'ouvre-bouteille. Il avait sans doute deviné que j'avais l'intention de rompre, car j'étais resté aussi longtemps avec très peu de femmes. Je me retournai pour éviter d'éclabousser Maria avec de la bière si la pression de la bouteille était trop forte, et j'en profitai pour observer les personnes présentes autour de nous. Je lui remis sa boisson et elle en prit une grande rasade avant d'afficher un air appréciateur qui indiquait qu'elle en aimait la saveur.

— La soirée me semble intéressante, soufflais-je à Claudio avec un signe de tête en direction des femmes qui nous regardaient.

Avec un sourire en coin, il se rapprocha et me glissa à l'oreille :

— Comme tu peux le voir, tu n'as pas le monopole de toutes les merveilles de l'univers. Je connais du beau monde, moi aussi.

Il m'offrit une bière quand un groupe de cinq jeunes femmes s'avança vers nous, leurs visages s'illuminant d'un sourire charmeur alors qu'elles saluaient Claudio, qui les avait remarquées et était allé à leur rencontre.

Claudio leur fit signe de venir vers nous et nous les présenta, elles étaient toutes très belles. Il ne m'avait pas menti sur son réseau de connaissances. Mais l'une d'elles attira particulièrement mon attention ; sa façon de marcher était souple et m'hypnotisait. C'était la plus petite, et je ne voyais qu'elle alors qu'elle cherchait à se cacher derrière ses amies.

Toutes les autres me firent la bise et, alors que je m'approchai d'elle en souriant, son regard fermé me troubla quand elle recula d'un pas et me tendit sa main. Personne ne semblait avoir remarqué ce qu'il était en train de se dérouler, et les conversations allaient bon train, mais je ne les entendis pas. C'était comme si une petite tornade était apparue en une seconde et nous coupait du monde.

Tandis qu'elle restait butée à fixer un point au niveau de mon torse, mon univers tout entier tournait autour d'elle. J'étais focalisé sur son regard voilé de longs cils qui m'empêchaient de voir les gemmes qui se dissimulaient en dessous, tel un trésor à conquérir, ses lèvres pincées que j'imaginais pleines et douces comme le velours d'un pétale de rose et sa poitrine qui se soulevait avant de retomber lentement comme les vagues sur la plage. J'entendais même le bruit des lames se brisant sur le sable chaque fois qu'elle respirait.

Troublé par toutes ces sensations aussi inédites qu'écrasantes, j'essayai de faire un pas en arrière, mais mes pieds refusèrent de bouger dans ce sens et je me retrouvai à avancer vers elle.

Mon cœur me semblait battre tous les records de vitesse alors que je m'appropriai de nouveau les quelques centimètres dont elle avait voulu nous séparer. Non, il fallait que je fasse quelque chose ou elle allait disparaître.

Ma main droite approcha de la sienne pour la serrer. J'espérais qu'en gardant sa main dans la mienne son expression changerait. Mais au lieu de ça, elle crispa ses mâchoires délicates comme si tout ceci n'était qu'un calvaire pour elle. Je tentai le tout pour le tout ; je fis rapidement glisser ma paume sur la sienne pour que nos mains soient alignées, provoquant de délicieux frissons qui ondulèrent jusqu'à la base de mon crâne, tournai son poignet afin que la paume de sa main soit face à moi et, tout en la fixant, je posai mes lèvres sur sa peau.

Sa peau en contact de mes doigts fut si douce, et, même si ça n'avait duré que quelques secondes, je sentis ses os et ses muscles se crisper sous l'étonnement. Surprise, elle l'avait assurément été : elle écarquilla les yeux et, interloquée par cette intimité qu'elle n'avait pas engagée, plongea son regard dans le mien.

Je vis des galaxies de bleu, comme l'eau profonde sur les bancs de sable et la mousse verte gorgée de pluie où fleurissaient des paillettes d'or. J'observai des vies d'émotions, des sentiments et des raisons tous aussi différents que contradictoires.

Elle retira sa main, comme si je venais de la brûler et retourna se dissimuler derrière ses amies.

Lorsqu'elle s'éloigna, la brise joua avec ses cheveux et je découvris un surprenant mélange de vanille et de coco. Dérouté par ce qu'il venait de se produire, je fermai un instant les yeux pour apprécier son arôme exotique et familier. Il me captura et m'entoura comme une caresse avant de se dissiper.

Je la suivis du regard et l'observai tandis qu'elle faisait la bise à Maria. Ce fut à mon tour de serrer les dents ; j'étais le seul à qui elle refusait le moindre contact cordial. Était-ce par bravade ou parce que je l'avais visiblement offensée alors que nous ne nous connaissions pas une minute plus tôt ? Comment pouvait-elle me détester tout en ignorant tout de moi ? Se désintéressait-elle de ce que je venais de ressentir ? M'avait-elle été indifférente ? Oui, certainement ; elle n'avait été déstabilisée qu'au moment où je lui avais fait un baisemain.

Bon sang, mais que m'arrivait-il ?

Je n'en étais pas à mon galop d'essai en matière de femmes et je savais normalement comment faire lorsque j'avais jeté mon dévolu sur l'une d'elle.

Mais, voilà, toutes n'étaient pas elle.

Comment pouvais-je être jaloux de Claudio ou de Maria parce qu'elle s'était montrée plus gentille avec eux alors que j'avais peut-être ruiné toutes mes chances en forçant un contact qu'elle ne désirait pas ?

Comment pouvais-je espérer qu'elle me regarde comme si j'avais fait quelque chose pour la mériter, alors qu'elle était libre comme l'air et ressemblait à une nymphe avec ses cheveux bruns ondulés tombant sur ses épaules ?

Oh oui, j'étais envieux du vent qui soufflait autour d'elle et plaquait sa robe contre son corps, comme mettant au défi mon imagination de deviner ce que ces formes dissimulaient. Mille fois oui, je voulais être à la place de la brise et caresser la peau tendre de ses cuisses, tracer ses courbes à en perdre la raison, allant toujours plus loin jusqu'à goûter le miel sur ses lèvres et lui offrir d'infinis délices.

J'avais beaucoup plus de maîtrise que ça, d'habitude. C'est vrai, d'ordinaire, je ne rencontrais pas tous les jours une troublante naïade qui affolait mes sens et me donnait envie de la jeter sur mon épaule et de balancer tout bon sens à la marée descendante. Sauf que, vu qu'elle avait du répondant, elle me mettrait derechef un coup de genou bien placé pour calmer mes ardeurs avant même que j'aie pu la toucher et me laisserait me tordre de douleur sur le sable sans l'ombre d'un remords. Et elle aurait raison, car je l'aurais bien mérité.

Elle jeta un regard vers moi et me foudroya de ses yeux. Je souris sans doute un peu bêtement : j'étais bizarrement heureux, car j'étais le seul qu'elle avait observé de cette manière. Son visage afficha un air dégoûté et elle se détourna vers une de ses amies. Ses boucles d'oreilles accentuèrent le mouvement exquis de son corps et brillèrent délicatement, comme l'écume sur la crête des vagues étincelait de mille feux dans le coucher du soleil.

Je la vis s'approcher prudemment de Claudio ; ses pieds nus s'enfonçaient à peine dans le sable. Oh, elle devait m'éviter. Je supposai qu'elle avait sans doute une raison très légitime de le faire, en prenant en compte l'objet de mes pensées quelques instants plus tôt. Je m'en voulais un peu, quand même.

— Je peux avoir une bière, Clau' ?

Aucune harpe n'avait joué de manière aussi douce et délicate. Sa voix se modulait en une partition sans fausse note ; ni trop haut perchée, ni trop grave. Peut-être était-elle à peine traînante – ou était-ce de la lassitude dans son ton – mais j'imaginais déjà cette voix me murmurer bien des soupirs alanguis.

Je me sentis tout à coup très à l'étroit dans mon pantalon.

— Et merde, sifflai-je.

Toutes prirent leurs boissons et partirent regagner leur place sur un tronc échoué de l'autre côté du feu. Comme pour me tenter et me torturer en même temps, mes yeux ne purent que remarquer son déhanchement fluide tandis qu'elle s'éloignait. Tout en la fixant du regard, je me penchai vers Claudio qui s'était approché de moi, une bouteille à la main :

— Qui est cette jeune femme ? demandai-je discrètement.

Maria était là, elle aussi, et posa sa main sur mon avant-bras.

— Alessandro, je vais m'asseoir, déclara-t-elle calmement.

— Tu viens ?

— Vas-y, je te rejoins, lui glissai-je d'un air distrait.

13

Elle m'embrassa sur la joue et me laissa seul avec Claudio, afin de prendre place sur le tronc d'arbre faisant face au groupe.

— Laquelle ? Me demanda-t-il en observant les jeunes femmes.

Je maugréai en guise de réplique. Il jeta un rapide coup d'œil en bas et haussa un sourcil.

— Ce n'est pas à cause de Maria que tu es raide ?

Je grognai de nouveau en lui promettant de terribles choses s'il ne me répondait pas.

— Si tu parles de la fille qui n'arrête pas de te snober, c'est Giulia, la cousine de Celia. Elle est très sympathique, mais tu as surtout pu remarquer qu'elle est têtue.

Je ris devant cet euphémisme. Bon, au moins, je sentis la tension dans mon entrejambe se calmer un peu.

— Elle habite à Naples et est secrétaire dans une association pour les orphelins, ajouta-t-il.

Alors que je jetai un coup d'œil dans la direction de Maria pour voir si elle nous écoutait, il reprit :

— Elle est aussi très investie pour les causes animales ; la semaine dernière, Celia et Giulia sont allées dans un refuge pour aider des bénévoles. Elles m'ont dit qu'elles ont adoré accueillir les chiots qui arrivaient sur le site. Celia aurait voulu en ramener un, mais avec mon allergie…

Pendant qu'il m'en apprenait davantage sur elle, je continuais de la dévisager, en espérant vainement que nos regards se croisent.

— Alessandro, ne me dis pas que malgré des années d'expérience avec les femmes, tu es déstabilisé par Giulia ? me fit-il en plaisantant.

Oh que oui. Je ne savais pas comment réagir, et c'était une sensation aussi déroutante que d'essayer de conduire sur une route de gélatine sans colonne de direction, avec le volant juste là pour la déco.

— Ne raconte pas n'importe quoi, fis-je de mauvaise humeur. Je me demandais comment elle pouvait avoir un lien de parenté avec Celia, vu qu'elle n'a aucun point commun avec elle.

Claudio me scruta avec un sourire en coin.

— Quoi ? lui fis-je en le fixant dans les yeux.

— Alessandro, on a vraiment gardé les cochons ensemble, alors n'essaye pas de me mentir quand ton autre cerveau n'est visiblement pas de cet avis.

— Je suis venu avec Maria, répliquais-je sèchement. Pas pour draguer quelqu'un dans un rayon d'un kilomètre, d'accord ?

— Si tu le dis, murmura-t-il. En attendant, je te conseille de t'installer. Cette fille, pour laquelle tu n'as absolument aucun intérêt, a un regard acéré et ton état n'est pas vraiment discret. Je n'ai pas envie de ramasser ton cadavre demain matin, termina-t-il d'un air dramatique.

Il prit sa bière et alla s'asseoir sur le même banc que Maria.

Le pire, c'est qu'il avait raison. La tension dans mon pantalon m'irritait au plus haut point et l'image mentale où je l'embarquais sur mon épaule persistait dans mes pensées malgré les efforts que je faisais pour la réprimer et ne faisait réellement rien pour m'aider.

Je devais l'avouer, j'avais peur. C'était nouveau, c'était effrayant, et j'étais à peine en train de me rendre compte de ce qu'il se produisait. D'ordinaire, oui, si j'avais été libre, je me dirais que ce serait un bon coup, je ferais une avance plus ou moins subtile – vu qu'un refus aurait été inimaginable –, et ça finirait dans un lit. Ou toute autre surface horizontale. Bon, verticale si le terrain s'y prêtait et que je n'avais pas mal au dos – les journées passées sur un fauteuil n'étaient pas une activité que j'appréciais, mais c'était une partie nécessaire de mon travail et ça tuait les lombaires.

Quand je voyais où cela me menait avec des relations qui ont des dates des péremptions, j'étais certain que cette méthode n'était donc pas faite pour durer dans le temps.

Mais là, je concevais parfaitement qu'elle puisse me résister. Et ça, c'était complètement inédit.

Merde.

Je voulais la faire rire. Je voulais qu'elle me regarde comme si j'avais vraiment de l'importance pour elle.

Et je ferai tout pour que ça se concrétise.

Conquérir Giulia était devenu mon nouveau défi, mais avant de réellement mettre un plan en route pour réunir toutes les chances de mon côté, je devais terminer une autre affaire en cours. Je pris place aux côtés de Maria et continuai de jeter un œil distrait dans la direction de Giulia. Le plus difficile fut de ne pas la scruter ouvertement.

Tout au long de la soirée, et malgré le feu de camp qui nous séparait, j'entonnais dans ma tête le doux nom de Giulia comme un murmure.

Elle devait déjà me prendre pour un psychopathe vu le déroulement de ces quinze dernières minutes. J'évitai de la regarder lorsque ses yeux s'attardaient dans notre direction, et je ne l'observai que très discrètement quand elle était attentive aux histoires que lui racontaient ses amies et plaisantait.

À force de l'examiner à la dérobée, je notai le moindre petit geste dans mon esprit. Chaque fois qu'elle remettait en place une mèche de cheveux qui s'était échappée de sa barrette, il me semblait sentir l'odeur suave de la vanille et je me remémorais l'instant où j'avais touché la douceur de sa peau. J'imaginais que le sourire affectueux qu'elle donnait à ses amies avait été celui qu'elle m'aurait accordé après que mes lèvres l'aient adorée. Elle était si belle lorsque ses joues rosissaient et ses yeux pétillaient quand elle riait.

Et je rageais parce que j'aurais vraiment dû prendre un bermuda.

— Tu es toujours là, Alessandro ?

Je sursautai et tournai la tête vers Maria.

— Tu rêves ? me fit-elle avec un sourire charmeur.

Sauf que ce sourire n'avait rien en rapport avec celui de Giulia. Je soupirai.

— Non, je savoure ma bière, lui répondis-je en raclant ma gorge.

Voyant que je ne voulais pas développer, elle me fixa droit dans les yeux, posa sa tête sur mon épaule et fit lentement glisser sa main sur ma cuisse avant de commencer à tracer de petits cercles à l'endroit où ses doigts étaient placés. Je ressentais vraiment de la tristesse pour Maria, car ce simple contact m'aurait normalement plu, mais mon regard fut attiré par les yeux luisants de fureur de Giulia, dont l'attention était dirigée vers nous.

Il était temps de mettre fin à cette mascarade. Je devais le faire aussi bien par respect pour Maria que pour cesser de me sentir coupable.

De quoi ?

Je l'ignorais.

Je me levai, tendis la main vers de Maria et l'invitai à quitter la fête.

— Si on y allait ? lui proposai-je.

Elle m'observa, jeta un coup d'œil vers le feu, et posa sa main dans la mienne. Je l'aidai à se mettre debout et nous nous tournâmes vers Claudio pour lui faire nos adieux. Maria s'approcha pour lui faire la bise.

— Merci, c'était une soirée très… instructive, dit-elle dans un souffle avant de lui adresser un sourire.

— Vous partez ? me demanda-t-il.

— Oui, et je te remercie encore pour ce soir. On te libère, comme ça, tu vas pouvoir retrouver Celia et la petite, terminai-je en plaisantant.

Il sourit de toutes ses dents.

— Je t'en prie. Je vais saluer tout le monde et je ne tarderai pas. Au fait, ça te dit une partie de basket dans la semaine ? J'espère toujours gagner un jour, fit-il en riant.

— Tu sais que tu n'y arriveras pas, mais l'espoir fait vivre.

Maria posa sa main au creux de mon coude et me laissa la conduire vers le parking. Elle fit une halte quelques pas plus loin, tirant sur mon bras. Je me retournai vers elle, me demandant la raison pour laquelle elle s'était arrêtée si brusquement. Elle me regarda d'un air déterminé, tourna la tête pour scruter le groupe réuni autour du feu et me prit de court en m'agrippant par le col de la chemise.

Elle avança son visage vers le mien, s'interrompit à quelques centimètres de mes lèvres et plissa les yeux. Voyant que je ne faisais aucun geste pour me rapprocher d'elle, elle soupira et s'éloigna. La foule s'était faite silencieuse, tout le monde nous observait.

Gêné, je restai pétrifié. Maria, elle, passa de nouveau sa main autour de mon bras.

— Viens, ramène-moi chez moi.

Je ne sentis aucun regret ou animosité dans sa voix. J'acquiesçai et repris le chemin du bord de la plage, chaque pas étouffé résonnant dans mon corps et me donnait l'impression qu'on m'arrachait quelque chose.

Je ne devais pas me retourner.

Je regagnai lentement la voiture. Maria, la tête haute, attendit que je lui ouvre la portière côté passager et, une fois installé sur mon siège, je mis immédiatement le moteur en route et sortis du parking.

Le silence régna dans l'habitacle durant de longues minutes. Je n'avais pas allumé la radio pour réfléchir ; je devais réussir à aborder le sujet de notre rupture en douceur.

— Maria, écoute, je…

— J'ai compris, Alessandro, me coupa-t-elle.

Je freinai et me garai sur le côté.

— Pardon ?

Même si elle ne se tourna pas vers moi, elle soupira comme si j'avais cinq ans et qu'il fallait tout m'expliquer.

— Écoute, je suis peut-être cruche, mais pas idiote. Je sais quand une relation est terminée.

Je fronçai les sourcils, à la fois soulagé qu'elle prenne plutôt bien la situation et perturbé par sa perspicacité.

— Et puis, je ne suis pas une oie blanche, j'ai eu mon lot de ruptures, et je préfère ne pas rester avec un homme qui est déterminé à aller conquérir quelqu'un d'autre.

Je posai ma main sur la sienne. J'étais profondément touché par son côté pragmatique et sa décision.

— Merci, Maria, murmurais-je, soulagé. Je ne savais pas trop comment te l'annoncer, surtout que tu aurais pu me mettre dans une situation assez délicate tout à l'heure.

Elle éclata de rire.

— Oui, je suis au courant. J'espère que tu m'accorderas un peu plus de crédit la prochaine fois.

Je posai l'articulation de mon index sous son menton, et tournai sa tête pour qu'elle me regarde. Lorsque ses yeux croisèrent les miens, lentement, je souris.

— Maria, tu es quelqu'un qui s'implique énormément dans tout ce que tu fais. Je suis désolé, je n'ai pas été à la hauteur pour toi.

Elle secoua la tête.

— Non, nous savions tous les deux que ça ne durerait pas, constata-t-elle. Tu as eu l'honnêteté d'y mettre un terme dès que tu as compris que ça ne fonctionnerait pas. Tu ne me fuyais pas la dernière fois qu'on s'est vus, continua-t-elle, donc je pense que ce changement est très récent.

— Tu ne crois pas si bien dire, confirmai-je.

Elle dessina de ses doigts la ligne de ma mâchoire. Je frissonnai à cause de la friction de sa peau avec ma barbe de trois jours, mais il n'y avait rien de sexuel dans ce contact. Juste un peu d'affection entre deux personnes qui se respectaient.

— Je ne suis pas aveugle non plus. Tu crois que je n'ai pas vu ce qu'il se passait avec Giulia ? J'étais aux premières loges.

Je rougis et fermai les yeux.

— Et je pense que ton refus de m'embrasser tout à l'heure a marqué des points, chez elle. Tu ne t'es pas retourné, mais je t'assure que tu as raté quelque chose.

J'écarquillai les yeux et me raidis sur mon siège.

— Quoi ?! m'exclamai-je.

Elle sursauta et fit un large sourire ravi.

— Ma parole, tu t'es bien entiché d'elle. Et sans même que vous ne vous parliez !

Je me renfrognai.

— Bien, j'imagine que nous sommes d'accord pour 'rompre'? demanda-t-elle, puis, en voyant que j'approuvais, elle continua.

Parfait. Je préfère qu'on se quitte en bons termes, comme ça, je saurai que je pourrai me tourner vers toi si j'ai besoin d'une faveur.

J'éclatai de rire.

— Tu ne perds pas le nord, dis-moi.

— Écoute, de toute manière, tu veux rompre et moi aussi. Tu es quelqu'un d'intéressant, cultivé, influent, riche, et je t'apprécie beaucoup, mais je ne passerai pas ma vie avec toi si tu ne m'aimes pas. Je serai peut-être un peu triste pendant quelques jours, histoire que les médias aient quelque chose à raconter sur moi et que ta future conquête voie que tu es de nouveau sur le marché, mais c'est une bonne chose que nous restions amis.

Je posai mon front sur le sien.

— Maria… Merci.

— Non, Alessandro, me coupa-t-elle. C'est moi qui te dis 'merci'. J'ai une dette énorme envers toi et toute une vie ne suffirait pas pour que je m'en acquitte, alors si je peux te rendre service au moins une fois, je le fais avec un grand sourire.

Lorsque je la raccompagnai sur le pas de sa porte, elle ne m'embrassa pas. Elle me fit simplement la bise, me prit dans ses bras et me souhaita 'bonne chance'.

Il m'en faudrait très certainement.

La nuit même, je fis des rêves assez déroutants. Ceux-ci incluaient – à mon souvenir – la pluie qui mouillait mes vêtements, du sable dans mes chaussures, Claudio qui se faisait tresser les cheveux par des oies blanches et Giulia qui me bottait les fesses en me lançant des balles de golf et portait un affreux chapeau en tissu rose avec des fleurs imprimées. Freud aurait de quoi se régaler avec moi, et frustré par tous ces songes bizarres, je me glissai sous la douche pour me remettre les idées en place une fois sorti du lit, et sans attendre d'avoir pris du café.

Le clapotement de l'eau sur les galets du sol de la cabine me rappela la poitrine délicatement halée de Giulia, la manière dont elle se soulevait tout comme la surface de la mer. J'entendais le bruit de la houle chaque fois que je l'imaginais respirer.

Je souris. Cette femme était aussi incroyable qu'impossible.

Je ne voulais pas simplement la conquérir pour augmenter un peu le niveau de difficulté et avoir un petit défi de temps en temps pour pimenter ma vie. Non, je supposais qu'il y avait bien plus que je ne le présumais et, même si cela ne menait à rien et qu'aucun de nous ne désirait pousser cette relation plus loin, j'avais l'intention de me donner une chance de savoir ce que signifiait cette chose intensément assourdissante que j'avais ressentie.

Oh oui, c'était assurément une attirance sexuelle. Mais il n'y avait pas que ça. Je voulais avoir de l'importance pour elle, qu'elle m'apprécie autrement qu'un investissement profitable ou une perspective pour un avenir meilleur. Je souhaitais être celui qui la rendrait heureuse.

Et j'ignorais totalement si c'était de l'amour.

Je ne croyais pas au coup de foudre, et l'amour était, pour moi, le résultat de moments passés à se connaître. Là, je ne savais d'elle que les informations qu'on pouvait lire sur son CV, vu que ça aurait été assez inconvenant de poser davantage de questions à Claudio la veille. C'était un début, mais ce n'était pas assez pour déterminer la nature de mes sentiments.

Ce qui m'amena donc à décider de faire un plan, au moins pour provoquer le destin et organiser une nouvelle rencontre, dans un autre cadre.

J'arrivai au siège avec un peu d'avance et le sourire aux lèvres. J'avais abusé sur la caféine dans l'espoir de trouver quelque chose, et Alia, ma secrétaire, le remarqua quand je passai devant son bureau. Elle fit discrètement glisser sur le côté la tasse qu'elle me réservait et m'adressa un grand sourire pour détourner mon attention. C'était de bonne guerre ; je répondis à son sourire :

— À ce point ?

Elle hocha la tête en gardant son air angélique.

— Vous vous souvenez de la dernière fois où vous avez pris plus de café que de raison ?

Je fronçai les sourcils.

— C'était lorsqu'on a dû faire le dossier pour l'offre de rachat de SolaRey, me rappela-t-elle. Et que nous n'avions qu'une semaine pour faire une étude de marché complète, présenter un plan d'intégration avec nos standards, établir un planning de restructuration progressive et rencontrer les syndicats pour assurer les emplois.

Elle n'eut pas besoin de m'en dire davantage. J'avais été malade toute une quinzaine entre l'épuisement et la déshydratation due à la caféine – j'avais visiblement pris la cafetière pour une source d'eau minérale. Rien qu'au souvenir à la perfusion, j'en avais des frissons désagréables dans le dos.

— D'accord. Dans ce cas, pensez-vous qu'il soit trop tôt pour se faire livrer des nouilles sautées et du porc au caramel ?

Avec tout ce café, je n'avais rien avalé et j'avais vraiment, vraiment faim, en plus de la nécessité d'avoir de l'énergie en stock.

— Au Palazzo di Cina, comme d'habitude ?

Je lui fis un grand sourire.

— Très bien, je les appelle de suite.

— Merci Alia, vous me sauvez la vie, soufflai-je de soulagement. Donnez-leur un supplément. On fera le point dans mon bureau lorsque ce sera arrivé.

Elle hocha la tête et décrocha le combiné en voyant que je me dirigeais vers mon bureau. La porte fermée, je jetai un regard contemplatif en direction de la ligne des immeubles et des maisons qui entouraient la tour de Contini Inc. Je devais vraiment réfléchi à un plan pour Giulia.

D'abord, j'avais sans doute une belle colonne d'e-mails qui m'attendait. J'appuyai sur le bouton du terminal et remarquai une enveloppe posée sur mon bureau. Je la pris délicatement entre mes doigts, avant d'attraper l'ouvre-lettres dans le pot à crayons et de la décacheter prudemment.

Elle renfermait un carton d'invitation pour une soirée caritative dans un refuge animalier. Encore une, j'étais sans cesse convoité à ce genre d'événement et j'y allais habituellement pour faire bonne figure en donnant une image positive de la société. Je soutenais totalement ce type d'œuvre de bienfaisance, et j'envoyais un chèque régulièrement, mais je devais m'y présenter surtout pour offrir de l'exposition médiatique à ces associations.

Mon premier réflexe aurait été d'attraper mon téléphone pour demander à Maria de m'accompagner, mais elle devait sûrement être en train de planifier avec son agent une conférence de presse pour annoncer notre 'rupture', si celle-ci n'avait pas déjà eu lieu. Je ne m'inquiétais pas pour elle ; elle en tirerait un maximum de bénéfices, et je savais également qu'elle ne dirait rien pour nuire à mon image, car elle me considérait comme un allié influent qu'il était hors de question de perdre. Son agent aussi veillerait au grain.

La conversation que j'avais eue avec Claudio me revint tout à coup. J'avais retenu de notre discussion sur la plage que Giulia plaidait en faveur de la cause animale. J'estimais que ce carton était une bonne occasion de la convier, elle. J'aurai peut-être la possibilité de la revoir lors de cette soirée.

Oui, ça représentait sans doute ma meilleure chance dans l'immédiat.

Je réfléchis à la manière d'utiliser cette opportunité à mon avantage tout en passant en revue les tickets de service qui avaient été établis depuis hier après-midi. Il y avait eu une erreur technique sur la chaîne de montage, mais le protocole de vérification manuelle avait permis de diagnostiquer le problème à la source et les ingénieurs de nuit avaient planché dessus et tout réinitialisé pour la remise en œuvre du système ce matin.

Oui, le monde pouvait fonctionner sans moi.

J'entendis quelques coups à la porte et tournai la tête pour voir Alia, qui attendait que je lui fasse signe d'entrer. Je lui offris un sourire, et elle s'approcha avec les deux boîtes portant le logo du restaurant chinois sur un plateau, ainsi que des baguettes, une bouteille d'eau et son bloc-notes.

— Voulez-vous manger avant de faire le point ? fit-elle doucement.

— Non, installez-vous.

Elle disposa sa charge sur le côté de la table et s'assit avec grâce sur le siège en face du mien. C'était une très belle femme dotée d'un charme particulier. Son tailleur était pratiquement une seconde peau sur elle, et j'aurais sûrement essayé de l'allonger sur mon bureau dans la semaine où je l'avais engagée si celle-ci ne m'avait pas demandé, très à propos, si cela me dérangeait que sa compagne, Isabella, lui fasse livrer une rose sur son lieu de travail, vu que c'était leurs cinq ans ensemble.

Oui, j'avais quand même honte d'avouer que la réplique d'un film avait bien résumé ma façon d'agir, il n'y avait pas si longtemps que ça : si un taille-crayon avait une jupe, il faudrait le planquer.

Bref.

C'était 'avant' Giulia, et ce n'était franchement pas reluisant.

— Avant toute chose, l'agent de Miss Maria m'a contactée et envoyé une copie de leur version de votre rupture pour que vous puissiez vous aligner dessus. J'ai cru comprendre que c'était d'un commun accord.

Je fis un 'oui' de la tête.

— Je me suis rendu compte que j'espérais autre chose de ma vie, et Maria s'en tirera très bien sans moi.

Alia sourit affectueusement.

— Je suis heureuse de vous l'entendre dire, affirma-t-elle sur un ton qui ne laissait aucun doute qu'elle le pensait réellement. Passons aux dossiers du jour : que puis-je pour vous, Monsieur ?

Je posai devant elle le carton d'invitation.

— C'est pour la soirée Speranza qui se tient à leur Sanctuaire de Salerne ce samedi. Je compte y aller. Pouvez-vous contacter Serena et lui demander si je peux obtenir une invitation pour quelqu'un d'autre ?

Serena était l'organisatrice de cette soirée. Alia prit une note sur son bloc.

— Tout à fait. Puis-je faire autre chose pour vous ?

Je sortis une clef USB de ma serviette et la posai devant elle.

— Oui, il faudrait joindre le document ainsi que le graphique qui sont dessus au dossier Et-Real. Ce sont les pièces manquantes et il faut les transmettre rapidement à Monsieur Guerini. J'espère que ça le convaincra de se rallier à la liste de nos investisseurs.

Elle prit la clef :

— Je vais le faire immédiatement, pour l'invitation, je les appelle pour voir s'ils peuvent nous en fournir une de plus.

— Si c'est bon, je vous dirai à qui l'envoyer. Merci Alia, ce sera tout.

Elle s'éloigna avec la détermination d'une femme en mission. J'appréciais Alia pour son efficacité professionnelle, mais surtout parce qu'elle ne me donnait pas raison systématiquement pour me faire plaisir. Elle aimait beaucoup me faire part de son opinion lorsqu'elle désapprouvait quelque chose, et c'était cette franchise rafraîchissante qui manquait beaucoup dans mes fréquentations.

J'allais devoir appeler Claudio pour lui demander l'adresse de Giulia. Il allait sans aucun doute me remettre un peu à ma place, et j'étais certain de dire des choses assez impardonnables si j'avais le ventre vide et que mes veines étaient composées à 90 % d'espresso – j'aurais du mal à le convaincre, il était hors de question de ruiner mes chances en prime.

J'ouvris la boîte contenant les nouilles sautées et le parfum délicatement épicé de la sauce soja me fit saliver. Je retirai aussi le couvercle du porc au caramel – ils avaient même ajouté des graines de sésame dessus – et alternai entre l'un et l'autre. Les portions étaient généreuses et j'en aurai sûrement bien assez pour un repas supplémentaire.

Pendant que l'effet salutaire d'un estomac plein imprégnait mon corps, je lus entre deux bouchées le compte-rendu de Maria. Eh bien, cette histoire fera un article assez croustillant pour intéresser du monde. On ne parlerait que de ça dans la presse locale et surtout dans les torchons à scandale.

Je saisis mon téléphone et tapai un rapide 'Bien joué. J'ai hâte de voir le journal demain' pour Maria, et j'eus à peine le temps de refermer les contenants de mon futur repas que j'entendis la sonnerie d'un SMS. Il était de Maria et indiquait un très sobre *'ravie <3'*.

Je sortis de mon bureau pour prendre un peu l'air sur le toit de l'immeuble avant de passer ce coup de fil. Mettez-moi devant toute une assemblée de PDGs que je devais convaincre d'investir dans le renouvelable quand l'essentiel de leur commerce reposait sur les énergies fossiles ; j'aurais tout sauf peur. J'étais totalement ridicule avec mon trac alors que j'allais appeler Claudio, qui m'avait persuadé de manger des asticots à l'âge de neuf ans, tout ça parce que j'allais lui demander une adresse.

Alia était au téléphone ; elle attira mon attention et nota 'invite = OK' sur un post-it qu'elle me tendit tout en continuant la conversation avec son interlocuteur. Je lui fis un signe de tête et, pris d'un sursaut de courage, je retournai m'enfermer dans mon bureau et appuyai immédiatement sur la touche raccourci de Claudio. Je m'installai dans un des fauteuils de l'espace détente de la pièce, et il décrocha au bout de quelques secondes.

— Tiens, c'est rare que tu m'appelles alors que tu es au boulot, remarqua-t-il.

Je devinais qu'il se doutait de quelque chose. Bon, il fallait avancer doucement.

— Comment vont Celia et la petite ?

Je l'entendis grogner. Il devait étouffer un rire.

— Bien, ma belle-sœur va passer récupérer la petite demain. Ils ont plus de choses à faire que prévu, donc j'ai pris ma journée pour travailler de la maison et la garder.

J'enviais un peu leur situation de couple avec le partage des responsabilités.

— Je sais que tu ne m'appelles pas que pour demander de mes nouvelles, ajouta-t-il. Crache le morceau.

C'était parti pour le moment de vérité.

— J'ai eu une invitation supplémentaire pour la soirée caritative du Sanctuaire Speranza, samedi. Je me suis dit que je pourrais en faire profiter la cousine de Celia.

Claudio demeura silencieux quelques secondes. Je ne voulais pas dire quoi que ce soit de plus, j'aurais sûrement aggravé mon cas. J'entendis le 'tac' qu'il faisait quand il claquait sa langue sur son palais, et qui signifiait qu'il savait lorsque quelque chose se mijotait.

— C'est une proposition honnête ou tu as une idée derrière la tête ?

On avait vécu trop de choses ensemble pour que je lui mente.

— Ça va te sembler un peu bizarre, mais il s'est passé quelque chose, hier.

— Ce n'est pas un scoop, remarqua-t-il.

— Elle n'est pas comme les autres.

— Oh que non, fit-il en éclatant de rire. Elle, elle n'hésitera pas à te mettre un coup dans les boules.

C'était ce que je redoutais.

— C'est une proposition honnête, mais je veux essayer de la convaincre que je ne suis pas un connard.

— Tu n'es pas un connard, me contredit-il.

— Vu la façon dont elle m'a regardé, elle le pense, objectai-je.

Claudio resta méditatif quelques secondes.

— Oui, c'est vrai, elle le croit. Bon, reprit-il, si tu me jures que tu la traiteras bien mieux que tes autres contrats à durée limitée, je te donne son adresse. Si j'entends Celia se plaindre une seule fois de la manière dont tu te comportes avec elle, je veillerai à te tenir les bras pendant qu'elle te fera la peau. Ce sont des amazones, dans sa famille.

J'étais soulagé d'obtenir ce que je voulais, et j'appréciais également la mise en garde.

— Merci, je ne sais pas comment te remercier.

— Déjà, en n'insistant pas si elle n'est pas intéressée. Aussi, il y a ma revanche au basket que j'attends toujours.

— Promis, tu l'auras et je te jure de me comporter en gentleman civilisé, lui assurai-je.

— Je te l'envoie par SMS de suite. Je te laisse si tu n'as pas autre chose à me demander.

— Si, m'empressai-je d'ajouter. Sa couleur préférée ?

— Ah, ça, s'exclama-t-il, ce ne serait pas du jeu.

J'éclatai de rire et mis fin à notre conversation. Je soufflai un bon coup et sortis le dossier du meeting qui aurait lieu tout à l'heure afin d'y inclure les dernières informations reçues sur les tickets de service. Le SMS de Claudio arriva, auquel je répondis d'un *'merci'* et recopiai l'adresse.

Alia entra pour me signaler que la réunion qui était prévue une heure plus tard pouvait être avancée si je le désirais. Je lui fis signe que oui, pris mon classeur ainsi que le carton avec les coordonnées de Giulia, que je lui remis.

— Envoyez l'invitation à cette adresse. J'aimerais qu'il n'y ait aucune indication sur l'expéditeur, si c'est possible.

Ma secrétaire saisit le papier comme s'il était question d'une chose à prendre avec des pincettes.

— J'ai confirmé votre venue et demandé à ce que cette invitation supplémentaire soit incluse dans la même enveloppe que les invitations normales, avec le tampon de l'association. J'y inscrirai juste l'adresse et la ferai poster sans utiliser la machine à affranchir de l'entreprise. J'ai dépêché un coursier pour qu'il aille récupérer le pli ; je pense qu'il sera là très bientôt.

Je plongeai mon regard dans ses yeux gris, ressentant énormément de gratitude pour son efficacité.

— Monsieur, si je peux me permettre, commença-t-elle prudemment. Que comptez-vous faire de cette demoiselle ? C'est la même chose que pour les autres, ou vous avez effectivement 'changé' ?

Je devais bien comprendre que ses craintes étaient légitimes ; j'avais beau la payer une petite fortune supplémentaire pour filtrer mes appels lorsqu'un journaliste essayait d'avoir une interview exclusive avec moi suite à une rupture, les 'fins de contrat' étaient un peu trop fréquentes. Nous en étions à la cinquième depuis qu'elle avait été engagée ici, la dernière s'étant montrée trop pressante en s'imaginant pouvoir me faire chanter quand je n'avais même pas pu voir la couleur de ses sous-vêtements.

— J'ai bien l'intention de changer mes habitudes, lui assurai-je.

Elle hocha la tête et me laissa aller à ma réunion ; des investisseurs étaient déjà dans la salle de meeting et attendaient mon analyse et les statistiques sur le nouveau modèle de voiture électrique que je voulais lancer d'ici la fin de l'année. Le concept de la 'Xenon09' était de lui donner autant de puissance qu'une roulant au diesel, mais de la faire fonctionner uniquement à l'électricité, et je pouvais me vanter que mon équipe avait réussi cet exploit. Nous visions une cible à la conduite assez sportive, mais qui était soucieuse de l'environnement.

Il me fallait malgré tout les convaincre pour que la première série voie le jour.

Durant la suite de la journée, je me rajoutai volontairement des missions pour ne pas rester sans rien faire et penser à Giulia. J'avais délibérément cloisonné les parties privée et professionnelle de ma vie, et j'avais le pressentiment que mon attirance pour elle risquait de prendre le dessus. Alia fit semblant d'ignorer mes allées et venues, mais je la sentais sourire chaque fois que je passais devant elle. Finalement, elle vint faire le dernier point de l'après-midi avant de quitter son poste.

— J'ai fait la synthèse de votre meeting pour la Xenon09, envoyé une note à tous les assistants pour le changement de planning de la prochaine réunion pour le dossier Et-Real, continué de mettre à jour les coordonnées de vos contacts et j'ai également donné pour instruction à l'accueil de n'accepter aucune demande visant à obtenir une interview avec vous, sauf en cas d'appels personnellement réalisés par des journalistes avec qui nous avons déjà travaillé.

Elle n'avait pas parlé de la chose qui m'avait inquiété toute la journée. Elle eut visiblement pitié de mon air dépité et reprit :

— Le pli avec l'invitation a effectivement été posté cet après-midi.

Je soupirai de soulagement.

— Je me suis permis aussi de prévenir votre majordome que vous partiez en voyage d'affaires, ajouta-t-elle distraitement.

Je fronçai les sourcils, interloqué, et ouvris le planner sur mon téléphone.

— Mais je n'ai rien de prévu avant le mois prochain, rétorquai-je après vérification.

— Si, affirma-t-elle. Je vous ai organisé la visite de notre laboratoire de Padoue. Vous avez besoin de changer un peu de cadre, et ils apprécieront l'annonce de la création du fonds de secours pour les familles de vos employés. Deux d'entre eux ont des enfants atteints de leucémie, un a une petite fille avec une grave maladie cardiaque et leurs assurances rechignent à couvrir les opérations qui pourraient leur sauver la vie.

C'était effectivement le bon moment pour envoyer un message fort et positif. Je n'allais pas attendre le mois prochain pour faire part de ce dispositif alors que la vie de trois enfants était en jeu et que tout pouvait être mis en œuvre dès maintenant.

— Parfait.

— Et vous reviendrez vendredi en toute fin de journée, m'informa-t-elle en me regardant droit dans les yeux. Et samedi, vous aurez donc la soirée caritative de la Speranza.

Et tout se déroula effectivement comme elle l'avait prévu.

Ces quatre jours me permirent d'occuper mon esprit, de me concentrer sur mon entreprise – et les employés qui dépendaient de moi – et ainsi, de prendre du recul sur mon attraction pour une belle nymphe aux yeux de tigresse. Connaissant l'adresse de Giulia, j'aurais sans nul doute foncé chez elle dès le lendemain, ne tenant plus de la faire changer d'avis, et je n'ignorais pas qu'elle m'aurait certainement reçu à la méthode des Amazones : avec ce coup de genou bien placé que je redoutais et contre lequel Claudio m'avait mis en garde. Le rêve où elle me lapidait des balles de golf prenait une toute nouvelle dimension – autrement douloureuse.

Je devais donc à Alia de ne pas m'avoir laissé ruiner mes chances tout seul, et de pouvoir essayer de me montrer sous le meilleur jour possible. Elle savait sûrement mieux les femmes que moi – du moins, celles qui n'étaient pas intéressées par l'argent ou la position sociale que j'incarnais.

« LE BRISEUR DE CŒURS A ENCORE FRAPPÉ ! »

Doit-on présenter de nouveau le très convoité Alessandro Contini ?
Si vous ne le connaissez pas – et dans ce cas, vous êtes un nouveau lecteur et nous vous souhaitons la bienvenue – voici un petit rappel de sa saga amoureuse : Suite au décès tragique de son père, l'ancien PDG de Contini Inc., Alessandro a pris sa place au siège de Directeur alors qu'il n'avait que dix-neuf ans.
Bachelor au physique sculptural, au sourire ravageur et à l'esprit aussi aiguisé que charmeur, Alessandro a eu son lot de prétendantes.
Sa première victime fut Rosia Bartolini, la journaliste qui lui accorda sa première interview après son intronisation.

Depuis, cette dernière a obtenu le prix Pulitzer avec un article criant de vérité sur la situation des femmes et des enfants au Darfour – un rêve qui n'aurait pu se réaliser sans le soutien de l'actuel PDG de Contini Inc.

S'est succédé un nombre assez impressionnant de conquêtes ; leurs sulfureuses histoires d'amour sont disponibles sur notre site : actrices, réalisatrices, écrivains, médecins, nous ne les comptons (presque) plus. La dernière en date ? Maria Laurren, la pulpeuse mannequin dont la carrière est en train de s'envoler.

Nous étions présents hier à la conférence de presse qu'a accordée celle-ci pour parler de sa très récente rupture avec le Playboy des Affaires, et sommes à même de donner quelques détails très croustillants que Maria Laurren nous a livrés en exclusivité.

« Alessandro et moi ne sommes plus ensemble », nous a-t-elle avoué. À ce moment-là, nous voyions bien qu'elle essayait de rester forte, son maquillage impeccable ne dissimulant pas ses yeux rouges. « C'était devenu insoutenable pour moi. Il est tellement pris par son travail – vous savez, j'ai commencé par l'apprécier à cause de son engagement humanitaire et écologique, » dit-elle sur le ton de la confidence.

Mais cet engagement avait visiblement porté quelques coups durs dans leur relation. Miss Laurren a ajouté : « Ça lui prenait de plus en plus de temps – développer de nouvelles technologies basées sur le renouvelable et abordables pour le grand public, apporter son soutien à tout ce qui touche à l'environnemental... Ça demande vraiment beaucoup d'investissement personnel. Nous ne nous voyions que très rarement ces dernières semaines. » Il était difficile de ne pas remarquer que sa voix tremblait un peu. « Alessandro est un homme merveilleux, attentionné et cultivé. Mais une relation naissante demande un peu de temps, qu'il n'avait pas pour moi. C'est pour ça que... » Son attachée de presse lui donna un mouchoir et elle s'essuya les yeux avec. « C'est pour ça que, lorsque j'ai rencontré quelqu'un au Ruby il y a deux jours, je suis tombée sous le charme. »

Contacté dans la journée, le directeur du Ruby, un hôtel-bar très hype, fréquenté assidûment par des célébrités et connu pour sa discrétion, n'a pas voulu confirmer l'information ou dévoiler le nom de la personne avec qui Miss Laurren a passé la soirée. Bien des rumeurs courent sur l'identité de celui à qui elle a confié son cœur meurtri. La rédaction de notre magazine pense à Rio Javier, l'acteur venu de Buenos Aires au charme sauvage à l'affiche du feuilleton médical 'Mon Cœur ne Bat Plus', et actuellement de passage en ville.

« Bien sûr, ce n'était pas correct. J'ai quitté Alessandro dès le lendemain. C'était un moment vraiment difficile pour moi, car je lui suis profondément attachée. » Lorsque je lui ai demandé quelle était la réaction de Monsieur Contini sur la question – celui-ci étant demeuré injoignable – elle ajouta « Oh, il m'appréciait aussi énormément. Mais c'était surtout de la complicité et je pense que notre relation lui a apporté un peu de renouveau. Vous savez, nos conversations sur tous les merveilleux projets qu'il prépare me manqueront. »

Miss Laurren a néanmoins préféré ne pas en dire plus sur ces dossiers 'confidentiels', à part que « de très bonnes choses s'annoncent. »

Elle a par contre accepté de nous faire part de son avenir personnel et professionnel.

« Ma rupture avec Alessandro ne change en rien mon engagement pour les causes caritatives ; je lui dois de m'y avoir fait prendre goût. J'ai la chance de pouvoir collaborer avec le très grand couturier Rinaldi très bientôt. Côté cœur, je pense rester très discrète dans les semaines qui viennent, » avant de nous confier, en exclusivité, « mais je ne serai pas seule. »

En parlant du Playboy, Miss Laurren a conclu cet entretien en évoquant son état d'esprit : « Même si notre rupture était d'un commun accord, j'en suis très attristée. J'aurais tellement voulu que ça marche entre nous. Je crois que je n'étais pas la bonne personne pour lui, et je pense que notre relation lui a ouvert les yeux sur sa manière de voir le monde. J'ai bien remarqué la façon dont il s'est transformé ces derniers mois, ce n'est plus du tout le même homme et ces changements pourraient bien vous surprendre. »

Le Tombeur aurait-il décidé de se ranger ? Miss Laurren nous accorda un dernier sourire énigmatique en guise de réponse avant de clore cette interview.

> — ***Propos recueillis par Gloria Rossi pour People Gossip News***.

J'éclatai de rire en lisant le torchon à scandale paru quelques jours plus tôt que m'avait fait parvenir Alia. Maria avait effectivement très bien joué, et je ne doutais pas qu'elle tirerait parfaitement son épingle du jeu. Je remarquais bien qu'elle avait mis l'accent sur mes engagements caritatifs, sans doute à dessein, et j'espérais que cela me permettrait d'avoir un bilan un peu moins négatif dans l'estime de Giulia.

Sauf si, justement, voir des articles sur ma vie amoureuse toute la semaine portait préjudice à mon cas. Pour des femmes comme Giulia, il y avait des choses tellement plus importantes qui devraient être montrées au grand public, comme la destruction d'écosystèmes entiers à cause de la mise en liberté illégale d'animaux exotiques par leurs propriétaires. Et, c'est vrai, il n'y avait pas de comparaison possible entre la gravité d'environnements ravagés et celle du cœur 'ravagé' de Maria.

Bon, au moins, je me consolais en me disant qu'elle n'ignorerait pas que j'étais de nouveau 'seul', et je compenserai en redoublant d'efforts pour rendre visibles les refuges qui récupèrent les iguanes que les gens veulent abandonner.

En parlant de refuge, nous étions samedi.

Oui, ce samedi.

Et je ne pouvais m'empêcher de penser à elle.

Heureusement, Alia m'avait préparé plusieurs dossiers à vérifier et compléter, en prenant soin de mettre en note 'plus vous y penserez, plus vous risquez de dire des bêtises lorsque vous la verrez'.

J'appréciais l'attention et c'était sans doute plus facile à dire qu'à faire, mais les contrôles m'aidèrent à passer le temps.

Quand ce fut l'heure de partir, Giorgio, le chauffeur qui travaillait pour la famille depuis plusieurs décennies, était sur le perron avec les clefs d'un des prototypes de la Xenon09. J'avais prévu de la montrer pour faire un coup de publicité et finir de convaincre les investisseurs de nous rejoindre dans cette course, pendant qu'ils avaient encore la chance d'apposer leurs noms sur cette merveille.

Après une heure de route, j'arrivai à Salerne. Devant le refuge, l'allée était remplie de journalistes qui attendaient de photographier le gratin. Je préparai mon plus beau sourire face aux flashs qui fusèrent juste à l'approche de mon véhicule. Un voiturier s'empressa d'ouvrir ma porte lorsque je m'arrêtai, je sortis et lui tendis les clefs.

— Prenez-en soin, elle n'est même pas encore mise sur le marché, lançai-je au jeune homme. Si vous voulez bien attendre une petite minute, pour qu'on me prenne en photo avec elle, murmurai-je en lui glissant un billet discrètement.

— Bien entendu, Monsieur, répondit-il en acceptant mon pourboire ainsi que la clef.

Il s'éloigna de quelques pas tandis que je prenais place devant mon bolide. Je connaissais parfaitement mes meilleurs angles, et je fis la pose quelques secondes pour satisfaire les journalistes avant d'avancer sur le tapis. J'entendis quelques 'votre rupture avec Maria Laurren', mais je les ignorai et arrivai dans le hall, où l'organisatrice recevait chaque nouveau venu.

C'était une très belle femme – chacune étant différente, il suffisait juste de comprendre comment apprécier leur charme pour en découvrir leur beauté – aux cheveux blond sable coupés court. Son arme fatale était son sourire, qui mettait à l'aise les gens à qui elle l'adressait. Elle avait visiblement misé sur le glamour pour recueillir un maximum de fonds avec une robe fendue sur le côté, dont la couleur prune flattait son bronzage parfait. Beaucoup de femmes enviaient son teint, et je savais qu'elle ne gâchait pas son argent dans des séances d'UV : elle était sans cesse sur le terrain, ce à quoi elle devait une forme éblouissante et l'aspect doré de sa peau.

— Alessandro, je suis heureuse de vous voir, fit-elle en me serrant la main. Je suis ravie de vous compter parmi nous cette année également ; vous ne pouvez pas réaliser l'importance de votre soutien.

J'en avais vaguement l'idée ; j'avais mis sur pied un fonds d'investissement pour cette association alors que celle-ci traversait une période difficile, et cela leur permettait d'avoir une somme rondelette chaque année, qui ne cessait d'augmenter.

— Tout le plaisir est pour moi, Serena, la saluai-je doucement.

Serena m'invita à avancer à l'intérieur du bâtiment spécialement monté pour l'occasion. Le refuge n'avait aucune utilité d'un vaste hall inoccupé qui servait deux fois l'an, donc ils gardaient un bout de terrain vide et louaient une grande structure qu'ils installaient dessus pour leurs soirées de bienfaisance. Tandis que je me frayais lentement un chemin vers les tables où étaient présentés les lots mis aux enchères, je saluai plusieurs convives que je retrouvais ici à chaque gala.

Chaque année, en plus de faire des donations, les invités pouvaient faire cadeau de quelque chose pour récolter les fonds pour le refuge. Par exemple, Serena proposait une soirée galante avec elle, et le propriétaire du Five Pearls Resort faisait généralement don d'une semaine pour deux en suite privée dans son plus prestigieux établissement.

Je reçus ma liste des lots, mis de côté tout ce qui était 'rendez-vous' d'emblée. Cette année, je n'étais intéressé que par une seule femme, et je ne l'avais pas encore aperçue. Finalement, je posai une belle enchère sur la suite privée du Five Pearls Resort. Si je la remportais, je l'offrirais à Alia ; elle l'avait bien mérité. Je remplis mon papier en inscrivant le numéro 31 et la somme à 75 000 euros. Une chambre de ce genre se payait normalement dans les 15 000 euros, mais l'intégralité de la cagnotte était reversée à l'association, donc cela valait le coup de gonfler le montant.

Au moment de clore les mises à prix, je me présentai à la table où attendait l'huissier chargé de récupérer les promesses, lui confiai mon bulletin ainsi qu'un mandat d'autorisation de prélèvement, dans le cas où je serais le meilleur enchérisseur.

Même si je ne remportais pas ce lot, je donnerais quand même un joli chèque.

Serena se glissa derrière moi :

— La personne pour qui vous avez demandé une invitation supplémentaire est arrivée, murmura-t-elle.

J'avais oublié que, même si les cartons n'avaient pas de valeur nominative, Alia avait dû fournir le nom et l'adresse de Giulia à Serena. Le refuge aimait garder dans ses contacts les coordonnées des participants à leurs soirées pour envoyer leurs newsletters et leur proposer de revenir l'année prochaine.

— Mais en attendant, continua-t-elle comme si de rien n'était, que diriez-vous d'une petite visite privée ?

Je fis 'oui' de la tête, tout à coup terriblement incertain. Sans doute valait-il mieux que Giulia se fonde un peu dans la masse avant de me voir.

Je suivis Serena, qui me conduisit hors de la grande tente, et la laissai me guider dans le bâtiment adjacent. Juste là, je découvris un enclos haut d'un mètre dans lequel un petit bichon à poil blanc soyeux jouait. En remarquant de nouveaux arrivants, il tourna ses yeux brillants vers nous.

Serena me fit signe d'avancer jusqu'à la porte de l'enclos et me fit entrer. Le bichon eut peur à cause de tout ce bruit et se recroquevilla dans un coin. J'entendis Serena faire un 'aaw' et elle me tendit des biscuits. Je les pris, murmurai des 'tout va bien' et caressai le sol de ma main pour lui montrer que je ne lui voulais pas de mal. Il s'approcha prudemment en voyant la nourriture et, une fois le biscuit avalé, il se calma et remua de nouveau la queue.

— Je vous laisse faire connaissance. N'hésitez pas à appeler un des bénévoles si vous avez besoin.

Je répondis d'un 'hum hum' tout en massant doucement l'arrière du crâne du chiot. Lorsque nous fûmes seuls, je lui murmurai affectueusement :

— J'aimerais t'offrir une vie meilleure avec un parc où tu pourras courir, lui fis-je quand quelqu'un toussa derrière moi.

— Vous comptez l'adopter ? cracha une voix dont j'avais très souvent rêvé. Pour vous faire pardonner de toutes les ignobles choses que vous faites subir aux humains ?

Claudio avait raison : elle me détestait. Il était impossible d'interpréter autrement l'animosité dans son ton, qu'elle ne faisait aucun effort pour dissimuler.

Je me retournai avec le bichon dans les bras. Je ne pris pas la peine de lui tendre la main, sachant comment ça s'était terminé la dernière fois.

— Nous connaissons-nous ? lâchai-je, en espérant qu'elle pense que je n'avais pas retenu son nom, et donc que je ne comptais pas la mettre dans mon lit.

Elle me fit un regard noir. J'avais dit une belle connerie ; elle croyait que je faisais un baisemain à tout ce qui bougeait dans l'espoir de ramener quelqu'un d'anonyme tous les soirs.

Je décidai de faire attention ; quoi que je puisse prononcer, elle risquait de le prendre de la manière qui ne lui donnerait aucune bonne disposition à mon égard.

Alors que la colère la rendait muette, je l'observais discrètement. Elle était magnifique avec ses cheveux relevés en chignon et révélant la pente infinie de sa nuque. Une robe noire élégante tombait au-dessus de ses genoux et flattait sa silhouette.

Je ne fus nullement surpris de constater qu'il n'y avait aucun sourire sur son beau visage. Je me consolai, car j'avais au moins réussi à la revoir, mais la partie allait être difficile à jouer et je lui laissai choisir son prochain coup.

— Vous croyez qu'adopter ce petit chiot va convaincre les journalistes – et je ne parle pas des journaleux des torchons à scandales qui ne parlent que de vous ces jours-cis – que vous êtes un irréprochable magnat des affaires automobiles ?

Je sentis mon cœur battre d'espoir, mais me retins de justesse d'afficher le même sourire idiot de la dernière fois. Elle savait donc que j'étais célibataire ! C'était une excellente nouvelle, malgré tout. Il fallait que je me ressaisisse ; elle pensait avoir un PDG en face d'elle, pas un crétin qui acceptait qu'elle l'accuse juste pour le plaisir d'écouter sa voix.

— Et si vous me précisiez de quoi vous m'accusez ? demandai-je d'un air aimable. À vous entendre, j'ai l'impression de traîner tellement d'affaires, donc vous me pardonnerez de ne pas savoir de laquelle vous parlez précisément.

Elle se mit à rire et me regarda droit dans les yeux.

— Vous oubliez toutes les personnes que vous mettez à la porte avec vos rachats sauvages d'entreprise, j'imagine ? siffla-t-elle. Et vous n'avez aucune honte à noyer le poisson dans l'eau avec toutes vos belles sorties aux soirées caritatives !

Elle rougit, sans doute sous la colère. Je vis ses yeux changer de couleur quand elle plissa les paupières, me jaugeant. J'étais surpris par ces accusations, et troublé qu'elle en fasse une affaire personnelle si elle ne pensait pas effectivement être dans le vrai. Et, alors que je cherchais quoi dire, un courant d'air amena jusqu'à moi son parfum suave que j'adorais tant.

Cette arrivée d'air était due à un des bénévoles, qui était entré pour nous dire que le résultat des enchères allait être donné d'une minute à l'autre.

Sans un mot de plus, Giulia fit volte-face et me laissa seul avec le bichon, qui me regarda à son tour et poussa un geignement.

— Tu as raison, lui murmurai-je, cette soirée n'aurait pas pu être pire.

En fait, je me trompais. Lorsque j'arrivais pour avoir l'annonce des gagnants, j'entendis Serena déclarer dans le micro que le lot 31 revenait à quelqu'un d'autre, pour le prix de 60 000 euros. J'avais mis quinze mille de plus, et trouvai ça assez étrange.

Je ne compris ma mauvaise fortune que quelques lots plus tard, lorsque Giulia s'avança sur scène pour rejoindre Serena. Son pas était léger et un doux sourire éclairait son visage, contrastant avec l'attitude qu'elle avait eue envers moi quelques instants plus tôt. Je me sentais minable de ne pas réussir à gagner un peu son estime.

— Le lot numéro 37, un rendez-vous galant avec la belle Giulia ici présente, a été remporté par Alessandro Contini pour 75 000 euros !

J'étais pétrifié sur place.

Celia allait me tuer, si je survivais au regard noir que braquait Giulia sur moi.

— Donne-moi une seule bonne raison de convaincre Celia de ne pas te tuer, commença Claudio.

J'étais mortifié.

— Non, en fait, donne-moi une bonne raison de ne pas te tenir les bras et de fermer les yeux pendant que Celia te fait Dieu sait-quoi, reprit-il. Ou plutôt, convaincs-moi de ne pas te tuer moi-même, renchérit-il.

— Mais qu'est-ce qu'il a pris à ta cousine par alliance de se proposer en lot ? tentai-je de me défendre.

— Il ne lui reste plus grand-chose à la fin du mois une fois le loyer et les charges payés. Elle n'avait que ça à offrir pour récolter des fonds pour l'association, espèce de salaud ! Et moi, je croyais que tu étais sincère !

J'étais dans une merde sans fond.

— Je te jure, c'est une erreur, essayais-je de me justifier. Je voulais marquer '31', c'était le lot pour la semaine en couple au Pearl Resort que je comptais donner à Alia et sa compagne. Mais j'ai écrit dans la précipitation et le '1' a été un peu penché, et ça a fait un '7', et comme je n'avais pas mis la barre à la base du 1, ça a prêté à confusion.

Claudio soupira.

— Je te promets, je leur ai dit que c'était une erreur, mais les lots avaient déjà été attribués sous le contrôle de l'huissier. Il n'y avait aucun moyen de faire marche arrière, et je n'avais aucun témoin à qui j'aurais fait formellement part de mon intention de donner pour un autre lot.

Mon meilleur ami resta silencieux quelques instants. Je sus que c'était le moment d'essayer de ne pas aggraver mon cas.

— Écoute, j'envoie dès lundi matin un courrier à la Speranza pour les informer que je libère Giulia de toute obligation d'honorer son contrat envers moi, mais que ma donation tient toujours.

Claudio coupa court à notre entretien.

— Je t'accorde le bénéfice du doute, parce que tu as toujours eu une écriture difficile à lire. Je te rappellerai uniquement lorsque Giulia aura eu la confirmation que votre rendez-vous est annulé.

Il raccrocha immédiatement. Il était en colère, et je le comprenais fort bien. Je l'avais déçu, même si c'était par erreur, et je jetai un regard vers Angelo, le petit bichon que j'avais adopté quelques minutes plus tôt.

Parce que oui, j'avais à peine eu le temps d'essayer d'annuler mon enchère une fois tous les résultats annoncés, puis d'adopter ce chiot et d'acheter quelques objets de nécessité dans la boutique du refuge, que mon téléphone avait sonné. J'avais dû m'arrêter sur le bord de la route et avais redressé les épaules pour me donner un peu de courage en voyant de qui il s'agissait. L'information avait vite circulé.

Malgré tout, j'arrivai sans plus de dégâts à la maison. Je traversai l'allée et garai la voiture dans le garage. J'accrochai le sac de nécessités à mon épaule et pris délicatement la cage de transport dans mes bras.

Une fois au rez-de-chaussée, je surpris Carmela, ma gouvernante, qui montait les escaliers dans le noir. Elle me connaissait depuis ma naissance, et continuait de veiller sur moi du haut de ses soixante ans. Elle avait toujours été spéciale pour moi, et était ma mère de cœur. Elle savait que je n'aurais jamais adopté un chiot en temps normal, car j'étais bien trop occupé avec ma société pour m'engager avec la garde d'un animal.

J'étais extrêmement reconnaissant qu'elle soit présente dans ma vie. Maman avait toujours été là par intermittence du vivant de Papa, et elle m'avait soutenu lorsque je m'étais retrouvé à la tête de Contini Inc, mais elle s'était éloignée en voyant que je réussissais à tracer ma route tout seul. Je supposais que le décès de Papa avait ébranlé sa raison de vivre, et elle s'était laissée dépérir petit à petit. Elle l'avait rejoint dans la concession de la famille trois ans plus tard.

Carmela avait redoublé de vigilance pour me protéger, et elle partageait la charge de Gouvernante avec sa fille, Henrietta, avec qui j'avais pratiquement grandi.

— Bonsoir, Carmela, vous allez vous coucher ?

— J'attendais ton retour, avoua-t-elle en s'avançant pour prendre la sacoche qui embarrassait mon épaule. Mais je pense que toi, tu as beaucoup de choses à me dire.

Je soupirai de lassitude. Sa perspicacité était redoutable.

— Je crois que ça n'aurait pas pu être pire.

Elle m'observa quelques instants et me fit signe de la suivre dans ses appartements.

— Henrietta adore les chiens, on va lui confier ce petit pour la nuit et après, je vais te préparer un chocolat chaud et tu vas me dire ce qu'il se passe.

Je restais dans le salon pendant qu'elle allait chercher sa fille. J'étais un peu honteux de la faire réveiller Henrietta si tard, et je posai la cage au sol, l'ouvris et pris le bichon dans mes bras. Il se lova contre mon torse pour avoir un peu de chaleur.

Carmela fit de nouveau son entrée, suivie de sa fille. Celle-ci portait un peignoir et se frottait les yeux. Son regard s'éclaira lorsqu'elle vit l'adorable boule de poils que je portais, et elle tendit les bras pour le prendre.

— Il est trop mignon, déclara-t-elle en grattant son cou. Comment s'appelle-t-il ?

En voyant l'état de béatitude du bichon, je fis un sourire.

— Angelo, répondis-je.

— Il mérite vraiment son nom, fit-elle d'un air approbateur. Je m'occupe de lui pour cette nuit, comptez sur moi.

Elle commença à s'affairer pour installer le petit confortablement lorsque Carmela me prit par le bras et nous conduisit à la cuisine où elle entreprit de mettre sa promesse à exécution.

Lorsque le lait et la poudre de cacao commencèrent à chauffer, l'odeur me réconforta. Je m'installai sur un tabouret près de l'îlot et, sans cesser de remuer le mélange, elle murmura doucement.

— Et si tu m'expliquais ?

Tout sortit. Ma rencontre avec Giulia, le plan que j'avais mis en route pour la revoir, cette soirée catastrophique et les enchères qui n'avaient rien fait pour arranger le tout. Elle réfléchit quelques instants et prit le temps de verser le chocolat dans les tasses. Elle mit deux guimauves dans la mienne ; elle estimait visiblement que j'aurais besoin de réconfort.

— Tu vas avoir du mal à dépasser les préjugés qu'elle a envers toi, dit-elle finalement.

— Je dois déjà la libérer de ce rendez-vous, soupirai-je. Je pense demander à l'avocat de la boîte de faire une 'rupture de contrat à l'amiable' pour vraiment montrer que je suis sérieux.

— Elle appréciera sans doute, renchérit-elle. Mais ces accusations comme quoi tu mets des gens à la porte sont-elles vraies ?

— Non, réprouvai-je immédiatement. Je ne sais pas d'où ça vient, et j'ai bien l'intention de le savoir. En attendant, je ne sais pas ce que je peux faire de plus pour Giulia.

Carmela secoua la tête.

— Rien de plus, il faut laisser le temps agir. Elle n'est pas comme les autres, ce n'est pas une mouche, et tu ne l'attraperas certainement pas avec du vinaigre, conclut-elle.

Je me présentai lundi matin à mon bureau, empli d'une détermination dont j'avais très rarement fait preuve.

Quelqu'un avait traîné mon nom dans la boue, et je voulais faire couler du sang pour laver cet affront.

— Bonjour Alia, saluai-je ma secrétaire. Réunion immédiate dans mon bureau.

Elle fronça les sourcils et prit son bloc-notes sous le bras avant de saisir les deux gobelets de café. Je lui tins la porte et la refermai derrière nous.

— J'ai besoin de vous pour régler plusieurs choses dans la plus grande discrétion, commençai-je une fois installés sur nos sièges. Vous serez peut-être contactée par mon avocat pour…

— Le contrat d'annulation à l'amiable, finit-elle à ma place.

Je hochai la tête.

— C'est déjà fait, il est établi et prêt à être signé en plusieurs exemplaires. Votre avocat n'attend que mon appel pour passer les prendre, et les faire signer à mademoiselle Giulia.

C'était déjà une bonne chose de réglée.

— D'autre part, j'ai eu vent de rumeurs de coupes sauvages dans le personnel d'entreprises que je rachetais, fis-je, chaque mot écorchant ma gorge. Je n'ai jamais approuvé un tel plan, donc il me faut confirmer si elles sont établies, et dans ce cas, je dois savoir qui a ordonné ces coupes sans mon accord, sinon, je veux savoir qui lance des intox pour me décrédibiliser.

Alia était bouche bée.

— Monsieur, si j'avais appris ou entendu parler de cette rumeur, je vous en aurais immédiatement informé, s'insurgea-t-elle.

— Je sais, la rassurai-je. C'est pour ça que j'ai besoin de savoir ce qu'il se passe.

Voyant qu'il n'y avait rien d'autre à ajouter, elle partit chercher les papiers d'annulation à l'amiable et me laissa les lire et les signer pendant qu'elle commençait à établir un plan.

Quelques minutes plus tard, les mauvaises nouvelles commencèrent à affluer. Je reçus un appel de Monsieur Guerini, le PDG d'Et-Real, qui me dit très sobrement :

— Monsieur Contini, je refuse de travailler avec quelqu'un qui ne partage pas les valeurs de mon entreprise.

Et il raccrocha sans même me laisser le temps de lui demander de quoi il parlait. Un journaliste avait-il eu vent de la vente aux enchères et pensait-on que je me payais des escorts à 75 000 euros en détournant de l'argent de l'entreprise ?

Oh non, c'était bien pire que ça, et j'allais très bientôt découvrir l'étendue des dégâts.

— Monsieur, s'écria Alia en entrant en trombe dans mon bureau. Le cours de notre action est en chute libre !

Mon ordinateur afficha une alerte avec un article publié en ligne quelques instants plus tôt. Il titrait 'Contini Inc fait une OPA sauvage sur Et-Real. 4000 emplois menacés sur Naples et Bologne'.

— Voilà ma rumeur, grognais-je en montrant l'écran à Alia.

Elle lut le titre plusieurs fois.

— Il faut qu'on fasse un démenti immédiatement, dit-elle doucement. Je contacte le département Com' pour qu'ils vous préparent ça, je fais inviter les journalistes pour une conférence de presse et je vais prévenir les autorités et porter plainte contre X pour diffamation.

Elle sortit en courant presque de mon bureau. J'inspirai un bon coup, et pris une gorgée de café supplémentaire.

Qui voudrait salir mon nom à ce point ?

Mon avocat avait passé la journée au siège de l'entreprise pour s'occuper de l'affaire du point de vue légal. Il s'était renseigné sur les heures de travail de Giulia et, s'il n'y avait pas eu ce contretemps, il serait allé dès l'heure du déjeuner lui remettre les papiers en main propre.

Malheureusement, il ne put se libérer qu'en toute fin d'après-midi et je me sentais franchement navré de le voir se déplacer en soirée directement au domicile de la jeune femme.

— Vous êtes certain de ne pas vouloir mettre comme condition d'annulation qu'elle lise cette lettre ? insista-t-il avant de quitter mon bureau.

J'avais trouvé le temps d'écrire une note, et je désirais qu'elle lui soit remise.

— J'en suis certain, confirmai-je.

Dedans, j'expliquais en quelques mots que cette rumeur était fausse, et que nous n'étions qu'en pourparlers pour faire de Et-Real un de nos investisseurs et partenaire privilégié, mais que je n'avais aucune preuve. L'obliger à la lire, ça aurait été la forcer – et je n'aurais rien pu faire pour réussir à gagner son respect par la suite.

Si elle me croyait, tant mieux, et si elle ne voulait pas donner crédit en mon innocence, j'aurais perdu toute la partie.

Et dans ce cas, je me doutais que je l'aurais définitivement perdue, elle.

Pendant la semaine qui suivit, je tentai de sauver les meubles en augmentant les opérations de communication. Nous allions de mal en pis, l'action avait atteint les fonds – et baissait encore d'heure en heure, comme si c'était possible – et nos investisseurs nous retiraient leur soutien. L'enquête piétinait, et notre avocat n'avait pas accès aux indices qui nous auraient permis de connaître le nom de celui qui nous prenait pour cible. En fait, nous ne savions pas où chercher les preuves sur lesquelles s'appuyaient ces accusations : je soupçonnais qu'il était question d'une rumeur qui avait été lancée et avait enflé sans être réellement fondée. Mais il ne s'agissait que de suppositions.

Voyant que la situation allait durer, j'avais ordonné une réduction de notre activité au strict minimum. J'aurais pu mettre mes employés au chômage technique, mais je m'y refusais, tout simplement. Je faisais des coupes provisoires sur les frais de fonctionnement, et avais chargé les délégués de département de réguler toute dépense.

Si le climat ne s'améliorait pas, et malgré les fonds de secours dont je disposais, j'allais devoir songer au retrait de notre société en bourse et marcher de nouveau en circuit fermé. Nous avions les moyens d'être autonomes, mais il me faudrait quelques mois avant de dégager le moindre profit, et une entreprise qui devait produire et en récupérer un bénéfice demandait beaucoup d'argent, donc j'allais devoir puiser dans nos ressources.

La deuxième semaine fut pire que la première, avec le coup de grâce : la banque nous lâchait suite à la perte de nos investisseurs et allait geler les comptes. Les médias continuaient de couler la réputation de ma firme, et malgré les propositions de plusieurs de mes anciennes relations dans le monde du journalisme de faire des articles positifs, je refusai. Je ne voulais pas qu'on les accuse de subjectivité à cause de leur lien passé avec moi.

N'ayant aucun signe encourageant pour la troisième semaine, je convoquai le conseil d'administration et pris la résolution d'isoler économiquement l'entreprise. J'allais donner l'ordre de virer l'intégralité de nos comptes sur les fonds privés de Contini Inc pour en garder le contrôle et pouvoir réinvestir dans la remise en marche de notre industrie en cercle fermé.

Plusieurs membres du conseil s'opposèrent à ma décision et proposèrent de laisser Cantaverde, notre concurrent principal, racheter la boîte. Même si l'action de Contini Inc ne valait plus rien, j'étais toujours l'actionnaire majoritaire avec plus de 60 % du capital de mon côté, et je déclinai. Je vis donc Montanari, que je croyais être mon soutien le plus solide, remettre sa démission avec quelques autres. Ils refusaient de rester dans un bateau qui allait couler.

Je ressentis un grand vide, ce jour-là, alors que je me tenais dans le bureau de l'ami de mon père, totalement dépeuplé de ses effets personnels. Il avait tout emporté, y compris son ordinateur, et je ne pouvais pas croire qu'il m'avait laissé. Peutêtre avait-il compté prendre sa retraite depuis longtemps, et avait-il choisi de saisir cette occasion parce qu'il ne voulait pas gérer une situation de crise.

— Monsieur, m'interrompit Alia. On vous attend dans la salle de réunion.

— J'arrive, répondis-je avant de fermer la porte derrière moi.

Je fis l'annonce de ma décision à tous les employés, ce qui provoqua une vague de départs, mon concurrent direct leur proposant des perspectives d'embauche. Heureusement, je conservais la majorité de ma force de travail dans la recherche, le technique et l'informatique.

Preuve que l'heure était grave : Isabella, la compagne d'Alia, avait posé tous ses congés en retard et était venue prêter main-forte dans l'administratif, là où nous manquions de bras. Lorsque j'avais fait sa rencontre, j'avais l'impression de l'avoir déjà croisé. Elle mit fin à mon doute en m'avouant qu'elle était une amie de Celia et que nous nous étions en fait vus le même jour où j'avais fait la connaissance de Giulia : elle s'était trouvée parmi son groupe d'amies.

Elle n'avait pas beaucoup d'expérience dans ce domaine, mais faisait toutes les tâches qui étaient à sa portée et les réalisait également avec énormément d'efficacité. J'étais extrêmement reconnaissant d'avoir leur soutien, ainsi que la confiance de ceux qui étaient restées.

J'avais retiré Contini Inc de la bourse en rachetant toutes les actions – à un prix bien supérieur auprès des employés qui étaient toujours parmi nous, et le département finance avait déjà commencé à sortir les premiers chiffres budgétaires, maintenant que nous avions en clair l'intégralité de nos fonds. J'avais stipulé que je refusais qu'on me verse un salaire tant que nous n'aurions pas de bénéfices, et étais prêt à engager une partie de mes fonds personnels en cas de coup dur. Si nous avions une gestion scrupuleuse de nos avoirs, et avec beaucoup de chance, nous pourrions bien réussir à tenir jusqu'à l'aboutissement de la première série des Xenon09 pour le Salon de l'Innovation Écologique – vu que je n'avais plus aucun investisseur avec ses propres exigences à satisfaire, je n'avais plus que des comptes à rendre à mes employés.

Visiblement, mon malheur faisait le bonheur de Cantaverde et de mes anciens salariés, qui ne devaient pas avoir regretté d'avoir changé d'étendard. Leur cours ne s'était jamais aussi bien porté, suite à l'annonce d'un modèle concurrençant notre Xenon09.

Même si la situation était loin d'être positive pour nous, j'étais rempli d'espoir et je refusais de laisser le hasard décider. Je mettais également la main à la pâte, recoupant les chiffres entre les dossiers papier et informatisés de nos pôles de dépenses et m'occupant de la paperasse avec Isabella lorsqu'on n'avait pas besoin de moi.

— Monsieur, m'interpella Alia. Il y a quelqu'un qui veut vous voir, et je pense que c'est important.

Je lui fis signe de m'attendre et classai correctement le feuillet que j'étais en train de traiter. Je pris la veste de mon costume, que j'avais posée sur le dossier de ma chaise, et la suivis. Elle me fit traverser l'étage et me ramena à mon bureau, où une silhouette féminine était installée sur le siège en face du mien. Un gros bonnet en laine englobait ses cheveux et un trench écru la couvrait du cou aux cuisses.

Lorsqu'elle se tourna vers moi, la pièce se mit à défier toute gravité et le temps me parut plus radieux. Ses yeux devaient sans doute me donner l'impression d'avoir mon propre petit carré de ciel bleu dans cette dépression maussade qui semblait s'être emparée de cet immeuble.

J'entendis à peine le déclic de la porte qui se refermait, et je m'avançai vers elle. Puis, je m'arrêtai au bout de quelques pas et, résigné, pris le chemin de mon siège, de l'autre côté du bureau.

Elle n'était manifestement pas venue pour tomber dans mes bras, et j'étais nettement moins certain de l'intéresser maintenant que j'étais en disgrâce. Je devais me résoudre à adopter une attitude purement professionnelle avec elle, aussi difficile cela soit-il.

— Que puis-je faire pour vous ? lançai-je, dans l'espoir de savoir ce qui l'amenait.

Giulia plissa les yeux, me scrutant avec attention quelques secondes, avant de prendre la parole.

— Une connaissance commune pense que ce n'est pas digne de vous de faire une OPA sauvage au détriment de vos employés, et je crois que vous auriez calculé les risques, mais que vous n'exposeriez jamais votre entreprise à un tel danger, observa-t-elle doucement.

— Vous avez lu ma lettre, murmurai-je dans un souffle.

Il s'agissait davantage d'une affirmation que d'une question. Elle ne serait peut-être jamais revenue vers moi si elle ne remettait pas en cause la véracité de ces accusations.

— Je veux bien vous donner le bénéfice du doute, continua-t-elle, parce que vous m'avez prouvé qu'il y a une once de décence en vous.

Mon regard resta accroché à son visage impassible, attendant la suite. Elle n'était tout de même pas venue jusqu'ici pour me dire ce qu'elle pensait de la situation actuelle – même si j'étais malgré tout soulagé qu'elle puisse me croire.

— Figurez-vous que, même si je n'ai pas d'argent, j'ai mon propre réseau, reprit-elle. Ça m'a demandé du temps, mais j'ai réussi à 'emprunter' une copie du document qui a été utilisé comme base aux accusations contre votre boîte, et que tous les journalistes citent sans vraiment l'avoir consulté.

Elle ouvrit son sac et posa prudemment la photo de mauvaise qualité, mais clairement reconnaissable, d'une note de service.

— Je n'avais que mon téléphone portable qui soit assez discret, et il n'est plus de la première jeunesse, justifia-t-elle en pinçant ses lèvres.

— Mais c'est lisible, donc parfaitement suffisant, la rassurai-je d'un sourire.

Je sentais bien qu'elle avait installé un gouffre entre nous parce que j'avais de l'argent et elle n'en possédait pas, et c'était la raison pour laquelle elle mettait l'accent sur certaines choses.

Je me demandai comment elle avait réussi ce tour de force ; cette note avait tout l'air d'être véridique, elle comportait les entêtes et pieds de page caractérisant chacune émise par le conseil d'administration. Et, comme pour chaque note, il y avait le numéro de référence.

Je sortis l'ordinateur de sa torpeur et tapai le code dans la base de données. Un message d'erreur s'afficha.

Note non trouvée.

J'entrai le chiffre précédent. La base revint avec un résultat positif. Puis je composai le numéro suivant. Elle le localisa. Je fis une recherche manuelle et laissai la liste défiler jusqu'à la ligne qui m'intéressait.

Elle n'existait plus.

— Elle n'y est pas, murmura une voix derrière moi.

Comment avais-je pu ne pas sentir le parfum des îles qui lui était si caractéristique ?

— Non, et l'enregistrement de la séance aussi a été effacé, ajoutai-je.

Elle fronça les sourcils et entrouvrit les lèvres en m'observant tandis qu'elle se rendait compte de l'ampleur du complot.

Je pris le téléphone et appuyai sur la touche d'appel d'Alia. Il fallait que je sache pourquoi cette note avait disparu de la base de données, et la teneur de l'ordre original.

Heureusement, Alia retrouva dans ses archives personnelles un exemplaire de la note originale, datant d'un mois plus tôt. J'y avais fait voter l'allocation de 10 millions d'euros pour de département Recherche, dans l'optique de mettre au point un moteur fonctionnant avec un mélange d'hydrogène et de microalgues.

J'appelai immédiatement le directeur du département Recherche pour savoir s'il avait récupéré les fonds, qui avaient été retirés du compte. Sa réponse fut sans appel.

— Je n'ai jamais reçu de Note ou de fonds pour ce projet, c'est pour ça que je ne suis pas revenu vers vous : je n'avais aucun résultat d'étude à vous présenter.

Je raccrochai, profondément perturbé par sa révélation. Après avoir échangé un regard avec Alia, Giulia se pencha vers moi, inquiète.

— Vous savez quelque chose ? fit-elle, suspicieuse.

Je fis un 'oui' de la tête.

— Montanari avait demandé à porter la note lui-même au département recherche. Il a été le premier à partir pour Cantaverde, qui a annoncé un modèle rivalisant la Xenon. Si c'est lui qui est au cœur de tout ça, continuais-je après avoir pris une grande inspiration, je suppose qu'il a aussi embarqué les plans de la Xenon et les a vendus à notre concurrent.

Puis, saisi d'un doute, j'ouvris les plans techniques de la Xenon, et l'exportai sur le rétroprojecteur mural. Après quelques rapides coups d'œil, je me rendis compte que quelque chose n'allait pas.

— Appelez le chef de la Technique, demandai-je à Alia, sans cesser de fixer le schéma.

Giulia s'approcha. Elle me jeta un regard interrogateur.

— Les raccords ne sont pas bons ici et là, lui montrai-je.

Elle fit quelques pas en avant.

— Et le moteur non plus, renchérit-elle.

Ce fut à mon tour d'être interloqué. Elle leva les yeux au ciel.

— Avec la voiture de l'association qui lâche tous les quatre matins, j'ai dû apprendre à mettre un peu les mains sous le capot, expliqua-t-elle. Et je sais que si vous montez votre valve papillon ailleurs qu'ici, continua-t-elle en désignant un point précis sur le plan technique, votre moteur va surchauffer.

Il fallait stopper le développement de la Xenon, immédiatement.

— Les plans ont été sabotés, confirma l'expert technique. Nous pouvons utiliser une des sauvegardes qu'a faites un de nos ingénieurs pour reprendre le développement.

Ce genre de sauvegarde était en théorie interdite, mais je n'allais certainement pas faire la fine bouche.

— Ce ne serait pas judicieux de sortir un modèle similaire à celui de Cantaverde pour le même salon, opposa Alia, qui participait également à ce Conseil.

J'avais remanié notre Conseil d'Administration, et officiellement invité les têtes de nos départements Techniques, Recherche et Innovation, ainsi que d'autres personnes de confiance à se joindre à nous pour cette réunion de crise.

— Elle a raison, renchérit le dirigeant de la Communication. Même si c'est à l'opposé de la vérité, l'opinion publique risque de croire que nous plagions.

— Il faut faire mieux, conclut le Chef de la Recherche.

Je plissai les yeux et me tournai vers lui.

— Vous avez une idée ?

Il hocha la tête. Toute l'attention de l'assemblée était focalisée vers lui.

— Julio, mon assistant, aime vraiment beaucoup les algues, commença-t-il.

Je me doutais que ça allait impliquer un petit problème disciplinaire sur ce que le personnel était autorisé à faire, mais plus aucune règle ne tenait. Je lui fis signe de continuer.

— Et il a réalisé une étude complète sur leur potentiel énergétique.

— Il a fait ça tout seul ? demanda le Chef de la Technique, impressionné.

— En fait, on a tous travaillé dessus, avoua-t-il, dépité. Je suis vraiment désolé, mais ça nous tenait vraiment à cœur.

Je restai prudent.

— Et quel est le résumé de vos résultats ? fis-je sans détour.

— Il faudrait voir avec le département technique pour divers ajustements, mais, en ajoutant un réservoir où les algues pourront proliférer toutes seules, les gaz qu'elles produisent permettent de créer le combustible de base, en synergie avec de l'hydrogène. Les émissions de CO_2 sont nulles, et il faut juste une révision en théorie bisannuelle pour un usage modéré pour changer la cuve des algues et le compartiment d'hydrogène, termina-t-il.

La salle demeura silencieuse, puis tous se tournèrent vers moi.

— Pensez-vous que nous serons au point dans 2 mois ?

Il hocha la tête.

— Nous sommes peu, mais nous aimons notre travail et nous sommes au stade où nous avons déjà fait les tests validant la viabilité du projet, me rassura-t-il. Avec les fonds, on y arrivera.

— De notre côté aussi, ajouta le Directeur Technique.

Je pris la décision la plus risquée de mon existence, mais ce fut sans doute celle qui me donna l'impression de réellement faire quelque chose pour l'entreprise.

— Alia, faites allouer l'intégralité de mon fonds personnel de secours à la Recherche et au Technique.

Ce soir-là, je rentrai plus tôt que prévu. Angelo se précipita vers moi, en glissant un peu sur le sol. Je souris. J'avais eu si peu de temps pour lui ces dernières semaines.

Je le soulevai délicatement et le laissai se lover contre moi. —

— Tout ira bien, murmurai-je.

— Donc tu me dis que tu as les moyens et l'opportunité de prouver que c'est Montanari qui a fait le coup, mais qu'il te manque un complice ? récapitula Claudio.

Je fis un 'oui' de la tête et pris une gorgée d'un petit cépage du coin. Un peu plus d'un mois s'était écoulé depuis la réunion de crise où j'avais décidé de tout miser. Trente très longs jours durant lesquels j'avais dû écarter mes proches de ma vie pour éviter qu'ils ne soient impliqués dans le cas où je tomberais.

— Oui. Matteo a fait jouer ses… 'relations', dis-je, faute de mot plus adapté, et m'a obtenu une invitation pour une soirée qu'il organise. Vu que je connais par cœur le plan de la maison, je sais où trouver ce que je cherche. La Technique m'a mis au point une échelle aussi légère que résistante, et elle peut se cacher sous une robe. J'ai besoin de quelqu'un de discret que Montanari ne connaît pas et qui n'est pas susceptible d'être associé à moi et qui peut porter une robe.

Il réfléchit.

— J'imagine que comme Celia est aventureuse, elle se proposerait de suite.

Je puisai dans ma mémoire le souvenir d'un moment où on nous aurait vus ensemble.

— Je ne suis jamais allé à la même soirée 'officielle' qu'elle, mais je n'ai pas envie de prendre le risque ; on sait que tu es mon meilleur ami, et on sait qu'elle est ta compagne, observai-je.

Claudio approuva mon point de vue et hésita avant de continuer.

— Et Giulia ? proposa-t-il. Elle était aussi à la Speranza, mais c'est également le cas du quart des personnes qui vont se rendre à cette soirée. Même si elle s'est fait remarquer parce que tu as enchéri sur elle, je ne suis pas sûr qu'ils l'aient vue assez longtemps pour se souvenir de son visage.

Je me tournai vers lui, interloqué.

— Tu crois vraiment qu'elle accepterait ?

Il haussa les épaules.

— Il faudra que je lui demande. En tout cas, je sais qu'elle ne se mettra pas à paniquer au dernier moment ou à laisser le stress lui faire perdre tout bon sens, sauf si elle est concernée personnellement.

Je ne pus m'empêcher d'approuver. Elle semblait avoir la tête sur les épaules et, si elle avait réussi à s'infiltrer dans les bureaux d'un journal et à fouiller pour trouver la Note de Service qui avait été à la base de l'accusation, je pouvais lui faire confiance pour suivre un plan, ouvrir une fenêtre et accrocher deux ventouses.

— D'accord, acquiesçai-je. Je te transmettrai les détails par Henrietta.

J'avais pratiquement grandi avec elle, donc Claudio avait aussi passé une majeure partie de son enfance avec la jeune femme. Si nous prenions garde à garder nos contacts à un strict minimum, ça ne paraîtra pas étrange qu'il la voie une fois à la terrasse d'un café.

— Montanari… J'ai du mal à croire que ce soit lui, souffla Claudio. Pourquoi il aurait fait ça ?

Je secouai la tête, désabusé.

— Je ne sais pas. J'espère me tromper, mais les coïncidences sont trop énormes pour que ce ne soit pas lui.

J'avais mûrement réfléchi à un plan : Giulia, équipée d'un dispositif qui me permettrait de monter dans le bureau en passant la fenêtre côté jardin, se louerait les services d'un voiturier pour partir dès qu'elle en aurait terminé. Munie de son invitation, elle entrerait tout simplement et, grâce à la carte que je lui avais fournie, elle trouverait assez facilement le bureau au premier étage.

De mon côté, je ferai équipe avec Giorgio, qui sera mon chauffeur – il avait toujours aimé les courses à frisson ; je le soupçonnais de collectionner les Fast and Furious, mais mes doutes laissèrent place à l'impression inconfortable de ne pas vraiment le connaître lorsqu'il me dit :

— Du moment qu'on n'a pas la Lamborghini orange, on ne sera pas suivis.

J'avais froncé les sourcils, interloqué.

— Mais on n'a pas de Lamborghini, qu'est-ce que vous…

Et je me tus immédiatement en me rendant compte qu'il venait de faire une référence au huitième volet, sorti cette année.

Selon le plan, il me déposerait dans un petit chemin situé derrière la propriété : j'avais beaucoup fréquenté cette demeure suite à la mort de mon père, et je savais comment m'y infiltrer.

Un pas après l'autre, je franchis prudemment les paliers de l'échelle. Il me restait pratiquement un étage à monter, en haut duquel Giulia m'observait, inquiète.

L'échelle avait l'air peu solide, vu qu'elle était faite de fibres très légères, mais je ne doutais pas de sa résistance – le chef de la Technique, à qui je l'avais discrètement demandée, m'avait confirmé qu'un éléphant aurait pu l'utiliser. Le plus difficile était de devoir faire attention à ce que mon pied soit sur le fil qui servait de marche.

J'arrivai au rebord de l'ouverture et fis un sourire rassurant. Giulia recula pour me permettre d'entrer, puis, une fois que je posai les pieds sur le parquet, elle s'empressa de remonter l'échelle et je fermai les vitres derrière moi. Même si cette zone n'était pas spécialement surveillée, il ne fallait pas non plus tenter le diable en laissant la fenêtre grande ouverte.

Après tout, j'étais en train de m'introduire par effraction chez Montanari, mon ancien directeur des finances que je soupçonnais d'avoir volé les plans de la Xenon pour les vendre à la concurrence.

Giulia avait ouvert l'ordinateur avant de mettre les ventouses contre le mur et de me lancer l'échelle, ce qui me permit de gagner du temps. Il s'agissait effectivement de l'appareil qui avait été fourni par la boîte, donc je n'aurais aucune difficulté à trouver ce que je cherchais.

Giulia tapota sur mon épaule. Je tournai la tête vers elle et elle attira mon attention vers la porte du bureau. Il y avait du bruit dans le couloir et la lumière était allumée ; elle diffusait un rayon jaune pâle dans l'interstice sur le seuil. Je débranchai vite l'ordinateur et Giulia, qui avait pris l'échelle, me fit signe d'entrer dans un placard. Elle se précipita derrière moi, referma la porte et perdit l'équilibre.

PARTIE 2
GIULIA

J'aurais dû mettre des ballerines, au lieu de ces fichues chaussures à talons. Ça, plus ma robe bien ample à cerceaux pour accrocher le long de ma cuisse un harnais pour transporter l'échelle et ajouté à la précipitation, c'était l'addition parfaite pour arriver à la catastrophe.

Je me sentis vaciller et tentai de me rattraper au mur derrière moi quand quelque chose de chaud et ferme entoura mes épaules. Puis, tout doucement, il nous fit descendre à terre et je me retrouvai à moitié allongée sur Alessandro.

Et, lorsque la porte du bureau s'ouvrit et que deux personnes entrèrent là où nous nous trouvions quelques instants plus tôt, je compris la raison pour laquelle beaucoup de femmes courtisaient l'homme en face de moi : être dans ses bras, de manière littérale, était quelque chose de très agréable. Et, étrangement, je n'avais absolument aucune honte à me l'avouer.

— C'est Montanari, murmura Alessandro contre mon oreille.

Sa voix grave, si près de ma peau, sembla émettre des vibrations qui se propagèrent sur ma peau, j'en frissonnai.

Il resserra un peu plus sa prise, comme pour me dire que tout irait bien et que je n'avais pas à avoir peur.

Je tenais encore ma pochette dans ma main droite ; je l'ouvris prudemment et récupérai mon téléphone portable. C'était loin d'être le dernier cri, mais j'avais de quoi enregistrer des conversations avec. Je lançai l'application et disposai l'appareil avec le micro juste contre le bas de la porte du placard. Alessandro n'avait pas emporté son téléphone, car il ne voulait pas prendre le risque qu'on puisse trianguler sa position via le signal GPS de son portable.

Visiblement, Montanari était en train de fêter son succès avec quelqu'un d'autre qui était dans la combine. Mais, si l'attention d'Alessandro était dirigée vers la conversation qui avait lieu à quelques mètres de nous, la mienne était totalement focalisée sur lui.

J'avais sans doute été aveuglée dans mon jugement le concernant : pour moi, c'était juste un homme qui ne savait pas quoi faire de son argent et qui pensait que tout lui était dû et qu'il pouvait tout acheter.

J'étais déjà au courant de son identité lors de notre rencontre et, même si je manquais cruellement d'expérience en la matière, j'avais bien vu qu'il se comportait différemment avec moi : à commencer par ce baisemain. Je n'étais pas aveugle et ça semblait une réelle évidence pour moi qu'il s'était mis en tête de chercher à mettre dans son lit la seule qui ne se laisserait pas faire.

Ensuite, il y a eu la soirée de la Speranza. On me faisait l'honneur de m'inviter, et il me restait à peine de quoi vivre à la fin du mois une fois le loyer et les charges payées. Cela faisait très longtemps que je n'avais pas mis le moindre sou de côté.

Oh, ça aurait sûrement été une bonne idée d'économiser en demeurant chez quelqu'un de ma famille qui habitait dans le secteur. J'ai essayé, et mon oncle n'en revenait toujours pas lorsque j'avais refusé d'abuser de son hospitalité après une année passée chez lui. Une année pendant laquelle j'avais eu mon lot de défilés de prétendants, ma tante voulant à tout prix me caser.

Peu de gens comprenaient qu'une jeune femme de 26 ans puisse désirer autre chose que jouer aux Desperate Housewives, les belles maisons et le compte en banque fourni en moins.

Donc il ne m'était resté que la possibilité d'offrir un rendez-vous. En tout honneur, bien entendu. Même si je détestais les personnes fortunées à cause de leur suffisance souvent naturelle, si je ne tombais pas sur un pervers, j'aurais pu avoir une chance d'agrandir mon réseau. Quand on n'a pas d'argent, connaître la bonne personne vers qui vous tourner peut parfois vous sauver la mise.

J'avais bien cru qu'il voulait tout faire pour m'humilier ce soir-là. Non seulement il avait fait semblant d'ignorer de quoi je parlais – même si mes accusations s'avérèrent infondées en fin de compte – et il achetait un rendez-vous avec moi dans la foulée. J'étais horrifiée à l'idée de devoir passer plusieurs heures à l'entendre discourir sur son nombril et de devoir cirer ses pompes, même pour les 75 000 euros. En partant de la Speranza, j'étais convaincue qu'il avait essayé de persuader Serena qu'il y avait une erreur sur son enchère vu ma désapprobation totale, et qu'il savait que j'avertirais Celia de son méfait. Et que Celia irait se plaindre à Claudio.

Lorsque son avocat vint me trouver, le surlendemain, avec un contrat d'annulation à l'amiable, j'avais jubilé de ma petite victoire : il renonçait au rendez-vous et laissait l'argent au Refuge.

Il m'avait également joint une lettre, mais si c'était pour avoir ses excuses qu'il avait griffonnées à la va-vite et sans y croire parce que Claudio l'avait menacé, ce n'était même pas la peine que je l'ouvre.

Je la mis dans la corbeille à papier.

Où elle resta plus d'une semaine.

Pendant ce temps, je vis le scandale avec Et-Real et la rumeur d'OPA sauvage éclater au grand jour, et lorsque je me rendis compte de la gravité de la situation, je réalisai que quelque chose n'allait pas. Claudio était quelqu'un de bien, mais il ne se laisserait pas aveugler par son amitié pour Alessandro et ne le défendrait pas s'il le croyait fondamentalement en tort.

Non, le problème était visiblement bien plus sérieux que ça. Je repêchai la lettre dans ma corbeille et la lus. C'était loin d'être les excuses griffonnées à la hâte par un homme pressé d'en finir et d'avoir la paix.

J'étais à ce moment-là convaincue que quelque chose clochait – j'avais même émis l'hypothèse qu'il était peut-être victime d'un complot – et je creusai dans mes relations pour mettre la main sur cette fameuse Note de décision du conseil d'administration de Contini Inc. J'avais prétexté venir voir une amie qui était stagiaire dans un des premiers journaux à avoir sorti l'affaire au grand jour – et qui m'avait avertie que le scandale allait éclater – et je me suis faufilée dans un bureau et ai fouillé tous les dossiers pour trouver ce que je cherchais.

Lorsque je vis Alessandro pour lui montrer cette preuve, il avait l'air différent. Plus humain, sans doute, malgré ses traits tirés qui ne dissimulaient plus ses émotions. Ses yeux semblaient plus brillants – ou peut-être était-ce parce que j'avais cessé d'avoir peur qu'il me mette le grappin dessus si mon regard croisait le sien.

Et surtout, cette fois, il n'avait pas tenté de me faire le moindre numéro de charme. Il ne m'avait pas détaillée de la tête aux pieds. J'en avais été un peu troublée et sacrément déroutée, car son comportement n'avait absolument rien à voir avec celui des autres fois et, si j'avais été adepte d'une théorie du complot, j'aurais bien pu croire que c'était un clone ou qu'il avait subi un lavage de cerveau.

En fait, il s'était contenté d'avoir simplement une relation purement professionnelle, voire cordiale, avec moi. Et, loin de m'apporter un quelconque soulagement, cela me mettait de plus en plus mal à l'aise d'une manière qui était restée assez inexplicable dans les premiers temps. Maintenant que je le connaissais mieux, l'absence de badinage dans nos échanges me manquait un peu.

Sans doute s'était-il résolu à accepter que je n'étais pas intéressée, alors que plus je creusais sous la surface, plus je découvrais un homme irrésistible, indéniablement charmeur, mais fondamentalement gentil et prêt à se battre pour ce qu'il croyait juste. Et j'étais vraiment loin de lui être indifférente.

Oh, tous ces sentiments contradictoires étaient tellement nouveaux pour moi. Et ce changement dans la manière dont je percevais Alessandro était d'autant plus flagrant depuis que j'avais passé un long mois sans le voir depuis le dévoilement de la manigance dont son entreprise était victime. Il m'avait conseillé de réduire au maximum mes contacts avec lui, ou de lui transmettre des messages par le biais de Claudio, qui les remettrait à Henrietta, une jeune femme qui était une amie d'enfance commune et qui travaillait au Palazzo di Contini.

En une trentaine de jours, j'avais eu le temps de réfléchir. Énormément.

Et je m'étais retrouvée dans ce fichu placard parce que – à ce que j'avais compris – le cousin d'Alessandro était intervenu pour l'aider et il avait exploité ses relations du club pour avoir une invitation à la soirée donnée par Montanari. Et je me doutais qu'il n'était pas question du club de basket dans lequel il jouait.

J'étais la seule personne de l'entourage d'Alessandro qui n'était pas connue de tout le gratin qui serait présent, donc, revêtue d'une tenue qui dévoilait pas mal de choses tout en dissimulant certaines zones et plan à l'appui, je m'étais faufilée jusqu'au bureau pour permettre à Alessandro d'entrer. Et c'était comme ça que je m'étais retrouvée dans une position franchement inconfortable, mais je n'en étais pas incommodée pour autant.

Sa main sur la cambrure de mes reins était étonnamment rassurante et, ajoutée à son autre bras qui s'était refermé autour de mes épaules, j'avais la délicieuse impression d'être retenue contre lui. Je frissonnai une fois de plus et il resserra sa prise, pensant sans doute que j'avais froid alors que des vagues de chaleur se faisaient écho à chaque endroit où son corps était contre le mien.

Je m'installai un peu plus confortablement pour mieux répartir mon poids ; lentement, je fis glisser mon coude droit au sol pour avoir un meilleur appui et laissai mon avant-bras reposer sur la moquette, juste à côté de son épaule. Ma main gauche trouva sa place sur son torse.

Je baissai la tête, et je sentis sur ma tempe la douceur de sa joue. Je serai les dents, car ce n'était malheureusement pas le moment de me laisser aller ; nous étions en mission, en infraction de propriété privée de surcroît, et cela me demanda toute ma volonté pour résister à cette délicieuse odeur de bois de santal et de mousse verte qui émanait de lui chaque fois que les battements de son cœur résonnaient sous ma paume.

Lorsque je sentis son souffle dans le creux de mon cou, je soupirai en étouffant un gémissement. Il se figea, et je rougis en imaginant ce qu'il pouvait bien penser. Je tentai de mettre un peu de distance entre nous, mais il resserra sa prise et me maintint fermement contre lui.

La force de son plaquage en était presque douloureuse dans son intensité, et je demeurai immobile, ne sachant trop quoi faire.

— Tout va bien, Giulia, murmura-t-il d'une voix rauque et grave.

Lorsque je l'entendis prononcer mon nom, je sentis un frisson partir de ma nuque et s'étendre tout le long de ma colonne vertébrale. C'était une sensation absolument délicieuse et je me détendis contre lui, cessant de lutter. Sa main, qui était toujours au niveau de ma taille, commença à masser de petits cercles à travers la soie de ma robe. J'adorais ce contact simple qui me donnait l'impression que j'étais à ma place, ici.

Bon, placard mis à part.

Il y avait tout de même des endroits un peu plus confortables, comme le lit d'Alessandro, sans doute. Je n'aimais pas gâcher d'argent, mais je me permettrai sûrement d'acheter des draps en soie – s'il n'en avait pas déjà – pour en profiter avec lui. Mais cela partait du principe qu'il veuille que nous ayons un avenir ensemble.

Je n'avais aucune certitude quant à la probabilité que cela se produise un jour.

— Ils sont partis, souffla-t-il.

Je sentis du soulagement dans sa voix, peut-être était-ce parce qu'il n'allait plus être coincé avec moi. Dépitée, je pris le téléphone, vérifiai que l'enregistrement courrait toujours, et y mis fin. Je me dépêchai de l'envoyer à Claudio pour que, même si nous nous faisions pincer, il ait une copie de la preuve que nous nous étions donné tant de mal à avoir et je me relevai doucement.

Il me fallait bien l'avouer, je regrettai énormément de me séparer de sa source de chaleur. Je ressentis un grand vide et le laissai ouvrir la porte du placard. Je surveillai le transfert du fichier pendant qu'il rallumait l'ordinateur. J'avais compris que, s'il était question du terminal qui avait été confié par l'entreprise, il y avait une faille qui autorisait à un code caché de donner les droits d'administrateur, et ce dans le but de permettre à un technicien de faire la maintenance des systèmes à n'importe quel moment.

Vu que, comme c'était un ordinateur de travail, il n'était censé y avoir que des dossiers destinés à la firme – c'était d'ailleurs stipulé dans le contrat de remise du matériel – et tout ce qui s'y trouvait était donc la propriété de Contini Inc. Alessandro avait fait le pari risqué que Montanari n'avait pas lu les petits caractères et avait pensé que c'était pour son usage personnel.

Je le vis taper une série de codes dans l'ouverture de session, et m'approchai de lui, mon cœur battant aussi bien dans l'attente du résultat de la manipulation qu'à cause de ma proximité avec lui.

Je l'entendis siffler un 'oui !' quand le bureau s'afficha. Il sortit sur-le-champ une clef USB de sa veste et chargea sur l'ordinateur le fichier qui était dessus – le but étant de pouvoir en faire un ordinateur zombie et de le contrôler à distance. Il fit immédiatement une copie des mails et des dossiers sur les serveurs de son entreprise pour qu'ils puissent en faire une analyse dès le lendemain matin.

Notre mission était accomplie ici, et le moment était venu de nous séparer. J'ouvris de nouveau la fenêtre pendant qu'il éteignait la machine, et, une fois assurée que la voie était libre, je fixai les ventouses et dépliai l'échelle.

Alessandro se dirigea lentement vers moi, comme calculant chaque mouvement. Et, alors que j'espérais le voir amorcer un geste vers moi, il se détourna vers la gauche. Je baissai la tête, pensant amèrement qu'il avait agi exactement de la même manière quand j'étais venue lui apporter la preuve. Il enjamba l'encadrement de la fenêtre et commença, un pas après l'autre, sa descente.

J'avais l'impression que mon cœur se brisait à chaque battement où je l'observais s'éloigner de moi. C'était une bien étrange sensation d'avoir le pressentiment que, si rien ne se produisait maintenant, il n'y aurait qu'un futur rempli d'hypothétiques chemins dont je ne saurais jamais la destination. J'avais peur de faire le premier pas, et j'avais peur de ne rien faire et de le laisser partir.

À ce moment-là, il s'interrompit alors qu'il n'avait descendu que quelques marches, son torse encore totalement visible par l'encadrement de la fenêtre, et il me regarda l'espace d'une seconde.

Cette seconde, ce fut pleinement suffisant pour que je détruise le tout dernier scrupule, l'ultime inhibition qui m'enchaînait. Attirée par lui comme la gravité me retenait au sol, je franchis les deux pas qui nous séparaient, me penchai pour passer mes bras autour de son cou et posai mes lèvres sur les siennes.

Je le sentis sursauter sous la surprise, peut-être parce qu'il trouvait ce rapprochement inconvenant, et je m'éloignai à contrecœur, une pointe de remords serrant ma poitrine. Je fermai les yeux pour ne pas avoir à affronter son regard.

— Ne t'arrête pas, gémit-il.

Ce fut à mon tour d'écarquiller les yeux en entendant ces mots. J'eus peur d'avoir mal compris, cependant, il approcha son visage du mien. J'ignorais si mon cœur pouvait battre plus fort qu'en ce moment, et je me penchai de nouveau vers lui.

Ce baiser fut loin d'être tendre ; je ressentais l'urgence et la retenue dans la manière dont il mordit doucement ma lèvre. Il ne dura que quelques secondes, qui furent suffisantes pour me donner l'impression de fondre en lui. Lorsqu'il se sépara de moi, il murmura.

— Lorsque toute cette histoire sera finie, je ne te laisserai plus jamais partir.

J'en restai muette ; cette promesse qu'il me faisait était renforcée par la détermination et la férocité qui faisait vibrer sa voix. Je ne pus que hocher la tête et je déposai un dernier baiser sur ses lèvres, comme pour sceller ce serment avant de m'éloigner pour résister à la tentation de le garder dans mes bras.

Une fois sa descente terminée, je distinguai à peine sa silhouette dans la pénombre et, alors qu'il disparaissait dans la nuit, je sentais qu'il avait emporté une partie de mon âme avec lui.

Bien des choses eurent lieu durant les semaines suivantes ; l'enregistrement ainsi que les fichiers sur l'ordinateur de Montanari étant des preuves accablantes et irréfutables, il passa vite à table et déballa l'implication de Cantaverde dans ce coup monté, auquel il avait adhéré par ressentiment de ne pas avoir obtenu le poste de PDG après le décès du père d'Alessandro. D'ailleurs, les investisseurs avaient clairement fait part de leur ressenti sur la situation : leurs actions ne valaient plus rien, Cantaverde coulait.

Des rumeurs courraient sur un rachat, et le nom du successeur favori dépendrait du Salon des Innovations Écologiques, dont cet après-midi marquait la cérémonie d'ouverture.

— La dernière création de Contini Inc vient tout juste d'être dévoilée, annonça le reporter en direct du salon, puis, en désignant le véhicule derrière lui : Alessandro Contini, parlez-nous de ce modèle, et en quoi elle se distingue de celle de votre concurrent.

Je vis Alessandro. Il avait particulièrement soigné son image ce soir, ce qui me rendait nostalgique de notre petite excursion dans un placard, et il était radieux. Son sourire marqua quelques plis autour de ses yeux, et je souris également en le voyant réellement heureux de sa réussite.

— Voici notre Gemma, dit-il en faisant signe au journaliste de s'approcher plus près. Elle a tout spécialement été développée pour n'émettre aucun gaz à effet de serre et fonctionne exclusivement grâce au combustible produit par des microalgues, avec un appui à l'hydrogène et des panneaux solaires incrustés dans la carrosserie qui fournissent aussi la climatisation. Regardez, encouragea-t-il le cameraman à prendre un plan de l'intérieur. Tout a été pensé pour le confort des usagers avec des matériaux pratiquement tous issus du recyclage et de multiples options et personnalisations sont prévues lors de sa commercialisation. Gemma, conclut-il, c'est avant tout une voiture qui est faite pour vous ressembler.

Si mon portefeuille me le permettait, j'aurais très certainement envie de l'acheter. Elle avait des avantages écologiques, et j'aimais beaucoup son apparence, ses lignes pures et le confort de son intérieur.

Je fermai les yeux et me laissai bercer par la voix grave d'Alessandro. Je ne l'avais pas revu depuis. Le souvenir de notre baiser me rendait nostalgique avec le besoin dévorant de ne pas m'en tenir juste à ça, son murmure hantant le silence de mon appartement.

Tout à coup, j'eus une idée : il m'avait dit qu'une fois que tout serait terminé, il comptait ne plus me laisser partir. L'affaire Cantaverde était classée, le salon durerait encore deux jours... Je jetai un coup d'œil rapide à mon calendrier. Non, ma période ne serait pas avant la semaine suivante, donc j'étais tout à fait libre de proposer à ce que le fameux rendez-vous qu'il avait acheté se déroule ce samedi.

Je me donnai un peu de mal pour rédiger quelque chose qui ait l'air formel sans être totalement générique. Finalement, j'écrivis sobrement :

> *'Alessandro,*
>
> *J'ai déchiré la demande d'annulation à l'amiable de notre rendez-vous.*
>
> *Giulia.*
>
> *PS Que penses-tu de samedi ? Je te laisse choisir le lieu et l'heure.'*

Je me creusai la tête un peu plus, sans trouver quoi marquer d'autre qui ne me fasse pas passer pour une sainte-nitouche ou pour une érotomane. En dépit du manque de chaleur et de personnalité de ce mot, il avait l'avantage de clairement préciser ce que je voulais – même s'il faudrait qu'il soit aveugle pour ne pas deviner que j'utilisais la destruction du document (qui n'avait pas eu lieu) comme prétexte.

Je l'envoyai directement à la résidence d'Alessandro, et les quelques jours qui suivirent semblèrent bien longs en attendant sa réponse.

Mais le jour où je ne trouverais pas comment m'occuper était loin d'arriver ; mardi et mercredi défilèrent à toute vitesse avec mon lot de travail à l'association. Le département de protection de l'enfance avait eu besoin de bras supplémentaires, donc j'avais classé des dossiers d'enfants qui seraient sûrement bientôt retirés à leur famille. Enfin, 'famille' était peut-être un bien grand mot vu le contenu des feuilles que je manipulais : traces de brûlures, bleus à des endroits suspects…

Ce n'était pas vraiment une partie du travail que j'affectionnais, car tous ces enfants allaient se retrouver dans un engrenage qui ne leur permettrait pas à coup sûr de s'en sortir. Ils seraient placés dans des foyers ou des familles qui, pour certaines, ne les hébergeaient que pour avoir des aides, et n'en feraient pas plus que le strict nécessaire.

Malheureusement, ce n'était pas à moi de juger ou critiquer le système ; il était imparfait, mais c'était sans doute mieux que de laisser des enfants en danger dans leurs familles. Même s'il était toujours possible de faire mieux.

Lorsque j'étais appelée pour le département de l'enfance, j'espérais à chaque fois que ce soit pour traiter des dossiers de demande d'adoption ; je faisais tout pour aider à accélérer la procédure quand les futurs parents étaient sérieux et voulaient vraiment offrir un avenir meilleur pour ces jeunes.

Mais ça n'avait pas été l'objet de ma mission aujourd'hui, et même si je m'endurcissais avec le temps, ça portait toujours un coup dur à mon moral.

Je jetai les clefs sur la table d'entrée après avoir verrouillé la porte de mon appartement derrière moi. Je vivais dans un quartier qui n'était pas spécialement couru pour sa bonne réputation – si bien que même si j'avais eu assez d'argent pour m'acheter une voiture, je ne l'aurais pas garée ici – mais c'était le seul endroit qui était abordable pour mon compte en banque.

J'avais toujours l'idéal de sauver le monde, à ma manière et avec mes moyens.

En parlant de monde, j'entendis quelques coups frappés à ma porte. Ce devait être le voisin du dessus à qui j'avais laissé une énième note pour lui dire que j'apprécierais que ses enfants cessent de faire du trampoline à l'intérieur pendant la nuit. Je pris ma petite bombe au poivre que je gardais en permanence dans l'entrée, la cachai dans mon dos et entrouvris la porte, prête à l'utiliser.

Il y avait un homme d'âge moyen qui se trouvait sur mon palier. Je le reconnus, c'était lui qui m'avait apporté l'annulation de contrat.

— Bonsoir, mademoiselle. Je viens de nouveau vers vous, car j'ai entendu dire que vous aviez déchiré le contrat d'annulation à l'amiable qui avait été établi entre vous et Monsieur Contini, dit-il doucement.

— C'est exact, assurai-je – même si c'était faux.

— Vous savez que ça ne représente pas réellement une annulation de déchirer un papier fait en trois exemplaires, tous paraphés par les partis concernés ?

J'acquiesçai en remarquant qu'il semblait à tout prix vouloir me faire expliciter mes propos.

— Tout à fait.

— Et vous désirez malgré tout rendre nulle cette annulation ? Me pressa-t-il.

— Oui.

Il parut soulagé.

— Dans ce cas, on m'a prié de vous remettre ceci, précisa-t-il en me tendant une enveloppe. Mon travail est terminé, je vous souhaite une excellente soirée.

— Merci à vous, le saluai-je en prenant le pli avant de fermer la porte lorsqu'il se fut éloigné.

L'enveloppe était d'un beau papier épais où les fibres des plantes utilisées ressortaient. Je cassai le sceau en cire qui le cachetait – c'était un peu too much, mais j'appréciais l'attention – et en retirai le carton assorti.

'Giulia,

J'ai très hâte de te voir ce samedi, Puis-je
venir te chercher à 16 h ?
Alessandro.

PS Prévois une tenue confortable et une veste'

Un numéro de portable était ajouté tout en bas. J'envoyai sans attendre un 'oui' par SMS.

J'avais vraiment hâte.

L'occasion – enfin, le montant qu'il avait déboursé pour notre rendez-vous, quelque erreur que ce soit – aurait sûrement valu le coup d'acheter une nouvelle tenue.

Cependant, après avoir consulté le contenu de ma garde-robe, les options à disposition dans les magasins et le prix desdites options, je supposai que je pouvais remettre la robe noire que j'avais l'habitude de revêtir pour les occasions spéciales. Elle était simple, élégante, très confortable et pratiquement infroissable.

Mais la 'tenue confortable' me laissait pensive. Je devinais que c'était sans doute pour quelque chose de sportif – en tout honneur, nous n'étions pas encore à planifier ce qui entrait dans la catégorie de 'sport de chambre' – donc, vu qu'il allait faire assez beau, je partirais avec une chemise, un short et des baskets, et je prendrai un sac avec ma robe de soirée au cas où l'occasion se présentait.

J'espérais aussi que l'occasion d'opérer un rapprochement entre nous se présenterait également.

J'étais restée quelques minutes devant un certain rayon à contempler les boîtes de préservatifs en me rendant compte que plusieurs tailles existaient et j'essayais de m'imaginer à quoi correspondait la taille M, ainsi que la taille L. Sans aucun ordre d'idée, il m'était impossible de savoir quoi acheter. Il n'en était pas à son premier rodéo, donc je supposais que s'il avait effectivement l'intention de faire quoi que ce soit avec moi, il prendrait ses dispositions.

Pour ma part, j'estimais que tout ce qui concernait les préservatifs était du ressort d'Alessandro – j'étais une féministe dans le sens où j'étais convaincue que les hommes et les femmes étaient égaux.

Je prenais la pilule, donc mon partenaire devait aussi faire des efforts.

Je fermai les yeux et ajoutai malgré tout un paquet de préservatifs féminins dans le caddie. En tant que femme, je partais du principe qu'on n'était jamais assez préparée, et tant pis s'il ne se passait rien. Je donnerais cette boîte à une association si je n'en avais pas l'utilité.

Finalement, je fis quand même quelques recherches sur internet, pour mettre un terme au suspense des tailles. Il était question de mesurer la circonférence au milieu et la longueur de la face supérieure. En érection, histoire de me faciliter la tâche. C'était donc bien ce que je pensais ; je ne pourrai jamais le deviner toute seule.

La question des condoms étant réglée, je me retrouvai à classer des papiers en tenue sportive en attendant qu'Alessandro passe me chercher. Il était effectivement 16 h, mais je n'allais pas rester au pied de mon immeuble pour guetter sa voiture. Je me doutais qu'il m'enverrait un SMS en arrivant, vu qu'il était un peu difficile de se garer dans le coin.

Lorsque 16 h 15 furent là, je commençai à m'inquiéter et je pris la décision de l'attendre en bas. Je m'approchai du sac week-end que j'avais préparé avec ma robe, quand la sonnette de ma porte résonna. Je saisis par réflexe ma bombe au poivre, juste au cas où, et entrouvrit le battant.

Je sentis mon visage s'illuminer d'un sourire lorsque je vis Alessandro, qui se tenait juste devant moi avec un petit bouquet de roses.

Sans un mot, je tendis les mains vers les fleurs qu'il me présentait. Je reposai prudemment la bombe au poivre sur la table d'entrée et le vis hausser un sourcil en remarquant l'objet dont je venais de me débarrasser. Mes doigts effleurèrent les siens et je remarquai que le bouquet trembla l'espace d'une seconde. Je ris doucement ; il était sans doute aussi nerveux que moi, et je murmurai un simple :

— Je reviens.

Je me dépêchai de dénicher un grand verre dans lequel je fis couler de l'eau pour mettre les roses dedans, puis je regagnai l'entrée, m'apprêtant à prendre mon sac.

— Tu permets ? L'entendis-je près de moi.

Sans cesser de sourire, je fis un 'oui' de la tête et le laissai s'occuper de mes affaires. Je fermai la porte derrière moi, et lorsque je me retournai, je vis qu'il me tendait le bras pour que je prenne son coude. Je m'approchai lentement, comme pour profiter de cette force d'attraction que je ressentais entre nous, et je sentis la chaleur de sa peau à travers la chemise fine qu'il portait.

Tout devenait étrangement si simple lorsque je le touchais. Je n'avais pas besoin de mots pour savoir ce que j'éprouvais, et j'avais la grisante sensation que je pouvais lui faire confiance les yeux fermés.

C'était sans compter le souvenir de notre baiser qui me donnait l'impression que cela pouvait se reproduire à chaque instant. Et si la soirée se déroulait bien, je n'hésiterais probablement pas si je voyais un regard appuyé de sa part.

Je me doutais qu'il n'avait pas envie de parler de ces dernières semaines et du parcours du combattant que ça avait été entre les enquêtes de la brigade des fraudes et du Salon de l'Innovation. J'avais entendu dire par Claudio que Montanari avait été une sorte de figure paternelle pour lui lorsqu'il avait dû prendre la suite de son père, et j'imaginais la trahison qu'il avait dû ressentir. Même si je n'avais pas été directement – ou très peu – concernée par ce qu'il avait vécu, sans doute trouvait-il apaisant de ne pas avoir à répondre à des questions sur ce qu'il s'était passé.

— Je dois avouer que je ne savais pas trop ce que tu entendais par 'tenue confortable', fis-je pour rompre le silence – qui était loin d'être désagréable.

Il m'observa tout en continuant de nous guider.

— Ne t'inquiète pas, tu es parfaite.

Je me sentis rougir sous le compliment ; j'espérais qu'il ne parlait pas que de ma tenue. J'avais jugé que c'était le minimum de mettre un peu d'anticernes et de mascara waterproof. Je m'étais juste permis un peu d'eye-liner et un soupçon de rouge à lèvres tellement pigmenté qu'il en fallait très peu pour teinter discrètement.

Il me guida quelques rues plus loin, et je remarquai immédiatement la voiture que j'avais vue en début de semaine et qui faisait sensation.

— C'est la Gemma ? fis-je, admirative.

Un large sourire étira ses lèvres.

— Que penses-tu d'une promenade dans le prototype de ma voiture écologique comme rendez-vous ?

Je ris tandis qu'il ouvrait le coffre pour y poser mon sac.

— Je me disais justement que je rêvais de l'essayer, répondis-je sans cacher mon enthousiasme.

Il s'approcha de moi et me tendit les clefs. J'écarquillai les yeux et, bouche bée, je fixai successivement les clefs et son regard, comme pour lui demander confirmation qu'il ne plaisantait pas. Il prit ma main et déposa les clefs sur ma paume.

— Elle se comporte comme une automatique, vu que l'ordinateur de bord gère et optimise les ressources en fonction de la vitesse.

J'éclatai de rire et refermai mon poing sur le trousseau qu'il m'avait donné.

— Je ne suis jamais montée dans une automatique, lui confiai-je.

— Ce n'est pas compliqué, essaye, continua-t-il de m'encourager.

Je m'approchai de lui et déposai un furtif baiser sur sa joue, puis me dépêchai de m'installer à ma place à l'avant. J'étais ravie qu'il me laisse la tester.

Les ajustements côté conducteur étaient absolument les mêmes que dans une voiture classique, et, même si la pédale d'embrayage et la boîte de vitesse me manquaient, je réussis à me débrouiller plutôt bien pour un premier essai. Oh, la personne qui s'était trouvée derrière moi pour les 200 premiers mètres avait sans doute décidé d'emprunter un autre chemin, mais je pris rapidement le pli lorsque la frustration de ne pas passer les vitesses fut dépassée.

Alessandro me guida, même si je ne doutais pas qu'il y avait un GPS intégré qui aurait pu faire de même. Après avoir quitté la ville, nous arrivâmes au milieu de nulle part. Il y avait un grand terrain entouré de barrières et, après avoir réalisé le contrôle de sécurité, une sorte d'entrepôt se trouvait devant nous. J'étais plutôt intriguée.

— J'aime beaucoup la vitesse qui s'affiche sur le pare-brise, déclarai-je une fois arrivés à destination. Et le confort des sièges est juste merveilleux.

Je le vis sourire. C'était un peu le même qui m'avait fait fondre quand il avait présenté son modèle pour le reportage, mais je savais que celui-là, c'était uniquement pour moi. Et je sentis ma nuque picoter lorsqu'il plongea son regard dans le mien. Mes yeux restèrent fixés sur lui comme les tournesols suivent le soleil au moment où il contourna la voiture pour prendre ma main.

— Viens.

Je serrai mes doigts autour des siens et le laissai me guider vers le bâtiment.

— C'est ici qu'on teste les prototypes, me confia-t-il en se penchant imperceptiblement vers moi.

J'adorais cette sensation d'être importante pour lui au point qu'il me fasse découvrir des endroits qui faisaient partie de la ligne 'top secret' de son entreprise.

— Et j'adorerais t'emmener faire un tour sur le circuit, ajouta-t-il en me montrant plusieurs bolides alignés contre un mur.

Toutes avaient un aspect fondamentalement semblable, mais quelques subtilités dans les formes indiquaient clairement leur visée : plusieurs étaient faites pour rouler, et très rapidement.

— J'ai un peu peur de la vitesse, soufflai-je discrètement à son oreille.

J'avais pratiquement l'impression d'insulter le travail qui se faisait ici en avouant cela. Je ne cillai pas lorsqu'il me fixa droit dans les yeux, comme pour y chercher la certitude que je disais la vérité. Je soutins son regard, car je n'étais pas une cruche qui voulait se faire servir ou minauder pour avoir de l'attention.

Et j'espérais que c'était ma sincérité qui lui plaisait.

Il sourit doucement et me guida vers une belle trois-portes à l'allure sportive.

— Je te propose de rouler à ton rythme avec elle, et si tu te sens assez en confiance, je prendrai le relai pour un tour ou deux un peu plus vite.

Je fis un 'oui' de la tête et laissai Alessandro régler les formalités avec le chef de circuit. Pendant ce temps, je m'approchai du véhicule et glissai un doigt sur l'angle du pare choc et en fis le tour pour appréhender ses mesures. Je me doutais qu'un tour de circuit ne demanderait pas de manœuvres complexes, cependant, j'avais toujours conduit des voitures de taille moyenne ou standard. Pas des sportives de cet acabit.

— Mademoiselle, venez, m'interpella un employé. On vous a préparé une combinaison dans les vestiaires.

Je le suivis jusque dans une petite pièce, où une tenue avait été disposée. Il porta à mon attention le système de condamnation intérieur si je ne voulais pas être dérangée.

— Merci, je crois que ça ne sera pas nécessaire, fis-je avec un sourire.

Il hocha la tête et ferma la porte derrière lui. Je reportai mon regard sur la combinaison ; elle était assez légère et souple pour permettre une grande liberté de mouvement, mais la texture me protégerait sans aucun doute ; je me doutais que c'était la raison de la 'tenue confortable'. Je retirai mes tennis, enfilai le vêtement et réajustai mes chaussures à mes pieds puis, lorsque je fus certaine d'être à l'aise dedans, je sortis du vestiaire. Mon regard chercha immédiatement Alessandro ; il était en train de parler avec un chef technicien, et je me dirigeai vers lui.

Sa tenue était sûrement faite sur mesure, car elle moulait son corps. Ses renforts donnaient l'impression qu'il avait un costume de super héros où tous ses muscles étaient mis en valeur. Je n'avais aucun doute de la fermeté de sa musculature, comme le souvenir du placard était encore vivace dans mon esprit.

Il me sourit, et je n'avais pas besoin de mots pour deviner la chaleur qu'il voulait me transmettre, mais que le langage n'aurait pu retranscrire.

— Je suis prête, dis-je simplement.

Il prit ma main et m'amena à l'extérieur. La voiture avait été mise en place et, sur une table juste à côté, il y avait des gants ainsi que deux casques.

— Regarde, fit-il en attirant mon attention sur un plan qui se trouvait dessus. Il y a une route qui fait le tour de la piste, continua-t-il en traçant du doigt le chemin, et tu peux faire plusieurs circuits.

J'observai avec soin mes possibilités.

— Je dois avouer que je préfère ne pas faire de conduite trop sportive, considérais-je. Surtout dans les boucles. J'ai bien envie de faire le tour extérieur pour la prendre en main, et je m'aventurerai à mon rythme sur les autres circuits. Par contre, conclus-je, j'aimerais voir ce qu'elle a dans le ventre, donc je te laisserai le volant après.

— Dans ce cas, nous n'avons pas besoin de ça pour l'instant, renchérit-il en montrant les protections supplémentaires sur la table.

— Je ne crois pas, affirmai-je en gloussant.

Nous prîmes place dans l'habitacle et je m'occupai les ajustements sous le regard attentif d'Alessandro. Il m'aida à boucler les sangles du siège et je révisai avec lui l'emplacement des commandes dont j'aurais besoin, avant de mettre le contact et de m'élancer tranquillement sur la piste. J'appuyai trop fort sur l'accélérateur et le rugissement du moteur me fit sursauter ; si le pot d'échappement avait été un peu encrassé, je n'avais aucun doute qu'il y aurait un beau nuage noir derrière nous.

Sur la ligne droite, j'arrivai rapidement à 50, et j'avais l'impression de ne pas avancer. Mon jugement était sans doute faussé à cause du grand espace dans lequel je me trouvais, mais je sentais bien que le moteur pouvait donner bien plus. Je préférai prendre mon temps pour mieux appréhender le comportement de la voiture et en profiter complètement lorsqu'Alessandro serait aux commandes.

Je ralentis en amorçant un tournant, j'étais à une vitesse trop importante pour mon confort, et je me doutais que mon passager devait ronger son frein, surtout s'il était habitué à la manipuler.

— Comment je peux faire pour ne pas freiner dans les virages ? demandai-je, un peu stressée de l'opinion qu'il puisse se faire de ma conduite.

— Hum-hum, répondit-il en faisant vibrer un son grave au fond de sa gorge. Fais tout à ton rythme, tu prendras confiance petit à petit, et ça te viendra naturellement.

Vu en quoi consistait le dilemme de ma dernière sortie au supermarché, je soupirai pour éviter d'y comprendre un quelconque double-sens.

Je fis un virage de plus, en empruntant un des circuits intérieurs.

— J'ai hâte de voir ce que ça va donner avec ton expertise, fis-je d'un ton léger.

Il rit.

— J'adorerai, Giulia.

Mon cœur rata un battement. Je freinai peut-être un peu trop brusquement et, pour ne pas donner l'impression d'avoir été troublée par ce qu'il venait de dire, je pris une autre route qui croisait la mienne quelques mètres plus loin, l'air de rien. Alors qu'en fait, j'étais en train de résister à l'envie de retirer mes sangles et de me presser contre lui.

Je fis quelques boucles supplémentaires en essayant de calmer mon rythme cardiaque et m'arrêtai de nouveau près de notre point de départ.

— À ton tour, maintenant.

Il me fit un large sourire et sortit pour chercher les casques.

Je sentais encore l'adrénaline qui courrait dans mes veines, comme des étincelles qui provoquaient de délicieux picotements dans mes doigts, tandis que nous allions vers l'endroit où je supposais que nous dînerions. J'avais trouvé ce tour en circuit terriblement excitant, et j'avais senti mon cœur battre lorsqu'Alessandro nous avait fait faire des accélérations folles. Chaque virage avait été réalisé avec une telle maîtrise qu'il m'avait été impossible d'avoir peur un seul instant, et j'avais sincèrement adoré chaque boucle, chaque ligne droite en sa compagnie.

Le crépuscule serait bientôt là, et Alessandro emprunta un petit chemin qui sortait de la route.

— Nous sommes arrivés, murmura-t-il.

Le soleil couchant donnait des reflets d'or à ses yeux. Je lui souris et j'ouvris la portière pour poser les pieds au sol. Nous avions une très belle vue sur la mer tout en étant à l'abri des regards. Je tournai la tête vers la voiture en entendant le coffre s'ouvrir, et je remarquai qu'Alessandro avait pris une glacière.

— Attends, l'interrompis-je, alors qu'il avait levé la main pour fermer le coffre.

Je m'approchai doucement, déterminée à aller jusqu'au bout.

— Je peux te demander de m'attendre deux petites minutes ? tentai-je en pointant un doigt vers mon sac.

Je sentis la chaleur dans son regard et ses pupilles se dilater tandis qu'il comprenait de quoi je parlais.

— Bien sûr. Si tu veux, les vitres se teintent un peu.

Je fis un simple 'non' de la tête.

— Il n'y a personne ici, ajoutai-je en lui désignant le paysage qui nous entourait.

Il acquiesça, et un souffle de brise marine vint jouer avec ses mèches courtes.

Il prit aussi mon sac, et je fis de mon mieux pour maîtriser le tremblement de mes doigts lorsqu'ils touchèrent les siens pour saisir la lanière de mon bagage.

Il marcha à côté de moi pour contourner la voiture et se mit en appui contre le pare-choc, me faisant dos, et je me dépêchai d'extraire ma robe – manifestement infroissable – de mon sac et de retirer ma chemise ainsi que mon short. Je laissai également mes pieds respirer : l'herbe était douce sous ma peau nue, et j'aimais l'idée de ne pas enfiler les sandales que j'avais prévues. Je me faufilai dans la robe et, prise d'une soudaine inspiration, je décidai de ne pas me tortiller pour atteindre la fermeture, qui était dans mon dos.

Je savais pertinemment que cette robe mettait très bien en valeur ma nuque ; c'était celle que j'avais portée lors de la soirée à la Speranza.

Je trouvai la boîte de préservatifs et la glissai discrètement dans le vide-poche de ma porte, puis je déposai mon sac à terre et rejoignis Alessandro. Lorsqu'il me vit, j'eus l'impression que des étoiles s'illuminaient à chaque pas que je faisais. Je lui souris en faisant de mon mieux pour ne pas rougir et tournai d'un demi-tour pour lui présenter mon dos.

Alors que je m'apprêtai à lui demander de m'aider à refermer ma robe, j'entendis le bruissement délicat des plantes écrasées par ses chaussures et sa voix grave qui n'était qu'à quelques centimètres de moi.

— Permets-moi, dit-il simplement.

Je rassemblai mes cheveux sur le côté pour lui laisser toute la marge de manœuvre qu'il voulait.

À aucun moment sa peau ne toucha la mienne, mais je sentis la chaleur de ses doigts comme une douce caresse qui remontait le long de ma colonne vertébrale. Il devait sans doute agir dans une lenteur calculée, car j'en frissonnai délicieusement. Je fermai les yeux un instant pour en profiter pleinement, puis les doigts de ma main furent pressés dans les siens.

Les herbes sèches craquèrent sous ses pas, tout comme mon cœur envoyait crépiter l'adrénaline dans mes veines. Il leva doucement ma main et s'arrêta lorsqu'elle fut à hauteur de ma clavicule. J'ouvris les yeux, et ma poitrine se souleva plus profondément à chaque respiration quand il baissa le regard et embrassa le dos de ma main.

Cette fois-ci également, j'eus cette même impression d'être brûlée. Son baiser, si simple, était empli d'une telle émotion et d'une telle ferveur que le temps cessa de tourner.

C'était mon instant de vérité.

Je retirai doucement ma main de la sienne, et tout en gardant les paupières closes, il serra la mâchoire, comme pour s'attendre à un refus. Il sursauta et me fixa de ses iris dont la couleur semblait s'être intensifiée lorsque je posai mes doigts sur sa joue. Tout autour de nous resta en suspens, comme se languissant que l'un de nous fasse ou dise quelque chose.

Je fis glisser ma main sur sa nuque, le sentis frissonner, et le regardai droit dans les yeux.

— C'est toi, et uniquement toi, que je veux, murmurai-je.

Il entrouvrit la bouche, l'air perdu, cherchant encore sur mon visage si je disais la vérité. Je voyais l'émotion retenue qui bouillait sous la surface alors qu'elle menaçait de se libérer, et je décidai d'en détruire la moindre barrière en rapprochant son visage du mien. Je fermai les yeux, me mis sur la pointe des pieds et l'embrassai sans me poser davantage de questions.

J'entendis un grognement féroce du fond de sa gorge et ses bras m'entourèrent d'une douceur étonnante. Je soupirai contre ses lèvres alors que je m'éloignais de quelques centimètres, grisée de cet élan de possessivité à la fois nouveau et excitant. Comme devinant mes pensées, Alessandro inclina la tête de l'autre côté et m'embrassa de nouveau, plus sagement, plus lentement.

Je savourai ce baiser. Nous nous étions uniquement permis ce contact dans l'urgence et avions dû faire vite, et je n'avais eu qu'un aperçu assez réducteur de toutes les possibilités qui s'offraient à moi. Mais cette fois, il me laissa prendre mon temps et suivit chaque mouvement de mes lèvres. Les siennes étaient un peu gercées, et elles n'en semblaient que plus réelles.

Je souris alors que je reprenais ma respiration, et Alessandro en profita pour tracer le contour de mes lèvres de son pouce.

— Tu mérites mieux que moi, gémit-il à bout de souffle.

Je posai mon front contre le sien.

— Je te le répéterai autant de fois qu'il le faudra jusqu'à ce que tu me croies, fis-je d'une voix rauque qui ne me ressemblait pas, c'est toi que je veux.

— Malgré toutes les autres ? Tenta-t-il avec incertitude.

Je traçai de mon pouce la ligne de sa mâchoire. Il ferma les yeux l'espace d'un instant.

— À quoi t'auras servi d'attendre plusieurs mois pour me conquérir si c'est pour que j'ai des scrupules à cause de ça ? demandai-je.

En entendant cela, il posa sa main sur la mienne et embrassa ma paume.

— Je me suis promis de ne pas te laisser partir, insistai-je.

— Moi aussi, je t'ai promis de ne plus me séparer de toi, déclara-t-il enfin.

Je le laissai guider mes bras autour de sa nuque. Je m'y accrochai et, alors qu'il approchait son visage du mien, mon corps s'enflamma dans l'anticipation d'un nouveau baiser. Il plaqua son corps contre le mien et me souleva délicatement pour me porter comme si je ne pesais presque rien et je sentis la carrosserie de la voiture sous mes cuisses. Tout en continuant de me serrer contre lui, il posa ses mains sur ma taille.

— Sais-tu ce que je voulais réellement dire par là ? murmura-t-il à mon oreille.

Je frissonnai, le son de sa voix provoquait de douces vagues de désir dans mon corps, et il maniait indéniablement ses cordes vocales comme un virtuose en faisant vibrer des notes jusque-là insoupçonnées.

— Je veux tout faire pour que ça marche entre nous deux, éclaircit-il en embrassant mon front. Je veux te rendre heureuse, ponctua-t-il d'un baiser sur ma tempe.

Je le laissai continuer en essayant de deviner où il voulait en venir.

— Si tu m'acceptes dans ta vie, conclut-il.

J'écarquillai les yeux et me figeai sur place. Il sentit que j'étais crispée, car il redoubla de douceur dans ses gestes. Après quelques longues secondes durant lesquelles je tentai de comprendre le sens caché de ce qu'il cherchait à me dire, je me penchai en arrière de quelques centimètres ; assez pour pouvoir observer son visage.

— Alessandro ?

Ma voix tremblait d'incertitude et reflétait sans doute ce que je vis dans son regard. Il posa sa main sur ma joue et offrit un baiser aussi léger que la brise du vent sur mes lèvres.

— Je veux te chérir jusqu'à la fin de mes jours, si tu me fais l'honneur de m'accorder ta main, proclama-t-il enfin.

Quelque chose n'allait pas.

— Attends, tu… Commençai-je en cherchant mes mots. Tu me demandes ma main alors que tu ne sais pas si ça va coller au lit entre nous ?

La compatibilité sexuelle était, à mon avis, un point vraiment important de la vie de couple. Nous n'étions plus au 15e où il fallait se marier avant de vérifier si ce point particulier allait se révéler être un calvaire ou non.

Il rit doucement, peut-être s'attendait-il à ce que mes réserves soient d'une autre nature.

— Vu comment je sens l'air vibrer autour de nous lorsque je te regarde, je pense avoir peu de chances de me tromper.

Je l'observai, assez peu convaincue. Il entoura mon bassin de ses bras et me rapprocha vers le bord du capot. J'écartai un peu les jambes, me demandant où il voulait en venir, quand je sentis précisément ce qu'il désirait me montrer.

— Oh, gémis-je en sentant sa virilité contre mon ventre.

Je n'avais peut-être pas le compas dans l'œil, mais quelque chose me disait que c'était quand même au-dessus de la taille M, bien qu'il était malgré tout très réducteur de croire que la taille puisse avoir réellement une importance majeure. Je vis les muscles de son cou se contracter alors qu'il retenait un grognement au fond de sa gorge. Ajoutée à ce contact très lourd de sens, cette vision était particulièrement excitante.

— Tu n'as pas beaucoup d'inquiétude à avoir sur la nature de mon désir pour toi, murmura-t-il d'une voix rauque. Et si ça n'avait été que passager, j'aurais eu le temps de laisser tomber.

Il était vrai qu'il aurait sans doute pu mettre quelqu'un d'autre dans son lit en trois mois.

— Je ne peux pas te dire 'oui' maintenant, persistai-je. Je dois d'abord vérifier qu'on est compatibles à ce niveau-là.

— Pour la science ? renchérit Alessandro.

J'en restai muette, interloquée. Puis, en voyant les coins de sa bouche tressauter, car il était visiblement fier de sa plaisanterie, j'éclatai de rire. J'entendis le sien, aussi riche et savoureux qu'une cascade de chocolat, se joindre au mien.

Une fois calmée, je repris.

— Parce que si je t'épouse, je compte bien en profiter avec toi, et souvent, clarifiai-je.

Il sourit, et j'eus l'impression de lire de nouveau une détermination farouche et primale sur ses traits. Lorsqu'il se rapprocha de moi, je laissai l'odeur du bois de santal, de l'herbe verte et de la mer m'envelopper ; je sentais que mes sens étaient exacerbés par le contact de son désir contre le mien, et qui éveillait bien des pulsions sauvages.

— Me laisseras-tu ?

Il laissa sa phrase en suspens, mais l'objet de sa question ne faisait aucun doute dans mon esprit. Il n'y avait plus l'ombre d'une incertitude dans ses motivations alors que sa main remontait doucement le long de mon genou pour s'aventurer plus haut. Je frissonnai et penchai la tête en arrière. Il ne dissimula pas le triomphe qui luisait dans son regard.

— Oui.

Délicatement, il posa son index sous mon menton et m'embrassa. Je gémis sous la sensation grisante du mouvement que fit son bassin lorsqu'il inclina la tête vers moi et l'air se fit lourd quand il lécha mes lèvres avant d'approfondir ce que nous avions commencé.

Je me retrouvai déstabilisée quelques secondes, cherchant quoi faire. J'agrippai la chemise d'Alessandro et tentai d'imiter les caresses de sa langue contre la mienne tout en essayant de l'encourager à aller plus vite en le pressant de mes soupirs.

Lentement, il mit fin à ce baiser. Ses lèvres étaient rougies, et je supposais que les miennes l'étaient également ; elles tirèrent un peu lorsque je souris. Il posa son front contre le mien et nous laissa reprendre notre respiration.

— J'espère pour toi qu'il y a assez de place à l'intérieur de la voiture, fis-je doucement. Sinon, j'espère que la carrosserie est confortable.

Je savais ce que je voulais, et ça n'attendrait certainement pas d'être remis à un autre jour pour des raisons logistiques. Il remonta sa main jusqu'à ma taille et traça de petits cercles pour continuer à me toucher.

— Je n'ai rien contre le plein air, mais j'ai vraiment envie de ne t'avoir qu'à moi, répondit-il, chaque mot sortant avec difficulté, comme si sa gorge était nouée. On a conçu les sièges de manière à avoir assez de place côté passager, ajouta-t-il en murmurant.

— Tant mieux, approuvai-je.

Il leva un sourcil et m'adressa ce large sourire qui voulait dire que la soirée s'annonçait vraiment bien pour nous deux avant de s'éloigner de moi. J'éprouvai un sentiment de vide lorsque sa présence me manqua, et j'entendis une portière qui claquait et du métal qui glissait. Je refusai de me laisser aller à la nostalgie du grondement des vagues, dont la rumeur était portée par le vent.

J'allais passer la nuit avec celui qui me faisait frissonner à la simple pensée de son sourire. J'appréciais beaucoup la manière dont tout s'était déroulé jusque-là, et je voulais que ça marche entre nous.

— Tu réfléchis trop, Giulia, remarqua-t-il avec un sourire narquois.

Je me glissai prudemment de manière à ce que le sol soit sous mes pieds et je tendis les mains vers sa chemise. Mes doigts tremblèrent alors que je passais le premier bouton hors de la boutonnière.

— Tu es parfaite, continua-t-il.

Galvanisée par son compliment, je l'embrassai de nouveau et le laissai prendre totalement le contrôle. Il mordilla doucement ma lèvre, et je sentis un frisson délicieux crépiter tout le long de ma peau. Je défis les boutons suivants sans trop m'embarrasser de savoir s'ils s'en sortaient indemnes et posai une main sur le centre de sa clavicule, me délectant de la sensation de sa peau sous mes doigts.

Toujours à l'aveugle, je descendis vers la vallée entre ses pectoraux, tâtonnant en caresses que j'espérais excitantes. Les frissons qui ponctuaient sa peau devaient sûrement m'indiquer que je m'y prenais bien, si ceux-ci étaient effectivement provoqués pour la même raison que ceux qui parcouraient mon corps.

L'une de ses mains était derrière ma nuque, pour me maintenir en place – je me doutais que je risquais sans doute de me faire très mal au cou, sinon – et l'autre était positionnée en haut de la fermeture de ma robe.

— Fais-le, gémis-je, devinant qu'il attendait mon accord.

Doucement, il traça un chemin de baisers jusqu'au creux de mon cou et mordilla la peau tendre qui s'y trouvait alors qu'il descendait la languette avec une lenteur calculée égalant celle avec laquelle il l'avait montée tout à l'heure.

— Tu comptes me faire mourir de frustration ? Le suppliai-je.

Je ne voulais pas vraiment le supplier, mais le ton sur lequel je le dis y ressemblait quand même énormément.

—

— Jamais, murmura-t-il à mon oreille avant d'en mordre le lobe.

Je sursautai alors qu'un picotement révélateur y fit écho entre mes cuisses. J'inspirai plus profondément et mon gémissement étouffé produisit une sorte de sifflement.

Alessandro s'éloigna immédiatement de mon oreille, et sans me lâcher, me regarda d'un air alarmé. Voyant qu'il allait me demander si j'allais bien, je le fis taire d'un baiser et écartai les pans de sa chemise pour la glisser sur ses épaules.

Comprenant mon signal, il la laissa tomber au sol. Je profitai de la vue quelques instants, les dépressions de son corps gommées par le soleil couchant qui l'enveloppait de sa lumière d'or. Je n'étais pas certaine à cent pour cent d'être entièrement prête, mais je désirais voir jusqu'où je voudrais aller avant de décider de passer à la prochaine étape.

— Alessandro…

— Oui ? Fit-il avant de déposer une myriade de baisers sur mon cou.

— Si je ne me sens pas à l'aise, je te le dirai, d'accord ?

Tout ce qui faisait partie du consentement était aussi un point important à aborder, et je savais que je ne pourrais pas lâcher prise et me laisser aller entre ses bras si je ne me sentais pas en totale confiance. Il m'embrassa rapidement.

— Que j'entende 'stop', 'plus lentement' ou 'plus vite', je ferai ce que tu me demanderas, m'assura-t-il.

— Alors, emmène-moi à l'intérieur, demandai-je simplement.

Il prit ma main et me conduisit devant l'ouverture de la portière.

— Tu préfères que je m'installe en premier ? proposa-t-il.

Il me laissait le choix de la position. Je mordis mes lèvres déjà douloureuses en me demandant sous quel angle aborder ça. Ce serait sans doute plus pratique d'opter pour des postures en amazone, mais je n'avais pas assez d'assurance pour ça. J'avançai d'un pas, et il m'aida à m'allonger sur le siège qui avait été reculé à fond et réglé aussi bas et à l'horizontale que possible.

Alessandro se pencha à son tour pour entrer, et j'écartai tout de suite les jambes pour qu'il puisse s'installer entre elles. Je sentis immédiatement la chaleur de son corps à demi nu, bien qu'il ne soit pas totalement contre moi, sans doute pour ne pas m'écraser. Je posai ma main sur la chute de ses reins et le pressai vers moi. Je gémis contre ses lèvres lorsqu'il m'entoura complètement, son désir n'en étant pas amoindri pour autant.

Mes soupirs semblaient l'inciter à continuer à explorer, sa main effleura une fois de plus mon genou puis traça de nouveau un chemin le long de ma cuisse. Son corps ondulait subtilement, et chaque caresse était répétée plusieurs fois avant qu'il n'en teste une nouvelle. Il remonta lentement ma robe lorsque ses doigts arrivèrent à ma taille.

— Plus vite, lui indiquai-je, frustrée de ma robe qui m'empêchait de sentir sa peau contre la mienne.

L'enthousiasme avec lequel il glissa ma robe vers le haut m'encouragea à faire un pas vers lui et je m'occupai de défaire le bouton de son pantalon et abaissai la fermeture éclair, libérant son membre de son douloureux écrin.

Un son guttural résonna dans le fond de sa gorge tandis qu'il m'observait comme s'il voyait bien des possibilités, mais ignorait le chemin à prendre. Quelle que soit la route que nous emprunterions, j'avais confiance en lui.

Je pris sa main et décidai de tenter la méthode directe. La posant d'abord sur l'un des bonnets de mon soutien-gorge, je la fis descendre plus bas, contourner mon nombril et l'arrêtai sur le pli entre mon bassin et ma cuisse. Hypnotisé, il m'observa faire puis, voyant l'endroit où je m'étais interrompue, il plongea son regard dans le mien, comme pour demander mon approbation.

Je souris timidement et commençai à baisser les bords de ma culotte en coton. C'était peut-être le cliché des célibataires, mais j'appréciais énormément le confort qu'elles procuraient, donc j'en avais pris une avec des impressions en dentelle. Je ne pus m'empêcher de me dire que j'aimais cet homme, parce qu'il acceptait visiblement que je sois différente.

Que je sois moi-même.

Je sentis une respiration retenue dans ma poitrine sous les fracas de mon excitation lorsqu'il en saisit un côté de ses doigts, et l'autre entre ses dents. Réalisant ce qu'il attendait de moi – que je déplace mes jambes pour m'en extraire –, je ne pus éviter de rougir et soulevai légèrement le bassin en espérant qu'il ne s'attarde pas trop sur cette étape.

Il ne l'entendait visiblement pas de cette oreille, car il caressa doucement de sa main libre un chemin vers mes chevilles tout en continuant de faire glisser mon sous-vêtement vers le bas, me donnant l'impression de m'être débarrassée d'un poids.

Alessandro bougea pour prendre un meilleur appui sur ses jambes et ma culotte fut bien vite oubliée. Il s'assura que toute mon attention était fixée sur lui avant de remonter vers mon ventre en offrant à ma peau une myriade de baisers et de mordillements. Il passa sa main sous le renfort de mon soutien-gorge et en suivit la ligne jusque mon dos. Je me redressai assez pour embrasser et suçoter le creux de son cou.

Avec une remarquable économie de mouvements, mon soutien-gorge ne fut aussi plus qu'un souvenir. Je le vis jeter un rapide coup d'œil à sa main droite et tester le bord de ses ongles avec son pouce. Je la pris dans la mienne et déposai un baiser sur chaque doigt. Sa respiration se fit laborieuse et je l'entendis faire un grognement rauque, j'y répondis par un élan de possessivité.

— Tu es à moi, réussis-je à prononcer.

— Toujours, dit-il avant de m'embrasser lentement.

Sa main serpenta jusqu'à mon entrejambe tandis que sa bouche s'occupait d'offrir à mon cou le même sort que je lui avais réservé quelques secondes plus tôt.

Ses doigts exerçaient une pression rassurante à l'intérieur de ma cuisse. Il effectua de longs cercles en allant un peu plus haut à chaque fois. J'avais l'impression qu'il me donnait constamment l'occasion de lui demander de ralentir si j'en éprouvais le besoin. J'ondulai doucement pour m'installer vers le bord de mon siège et lui laisser davantage de place. Puis, je posai ma main sur son poignet. Il s'immobilisa immédiatement, et je m'empressai de lui dire ce que je voulais.

— Non, continue, lui assurai-je avant de tracer un chemin jusque son biceps et de placer ma paume sur son omoplate.

Il prit son temps pour m'embrasser et chaque caresse de sa langue semblait répondre à un rythme, auquel son corps ondulait au-dessus du mien. Je pliai ma jambe gauche et mis mon pied en appui contre la première chose que je réussis à trouver qui me donnait un angle confortable. Toujours en suivant les mouvements suaves de sa douce séduction, il écarta délicatement mes pétales et y glissa lentement un doigt. Je frissonnai et gémis contre ses lèvres.

Il avait décidé de savourer ce moment de pure anticipation, car il mordilla le lobe de mon oreille tandis que je sentais les muscles de mon intimité se contracter alors qu'il en caressait chaque endroit qu'il lui était permis d'atteindre sans qu'il ne soit allé plus loin que sa première articulation.

Je l'encourageai en frottant de ma jambe son bras dans un rythme suggestif. Je sentis ses lèvres se courber contre mon cou en un sourire avant de m'exaucer.

La pression se fit un peu plus forte alors qu'il avançait, puis il s'arrêta à peine quelques millimètres plus profondément et je le sentis faire un mouvement circulaire. C'était assez étrange d'être caressée de l'intérieur, mais le contact était doux et il savait visiblement ce qu'il faisait.

Je le sentis hésiter alors qu'il ne s'aventurait pas plus loin. Oh. D'accord. Je compris pourquoi.

— Je te veux, Alessandro, dis-je en traçant la ligne de sa mâchoire. Et c'est avec toi que je veux le faire. Ça change quelque chose pour toi ? m'inquiétai-je.

Il me sourit doucement.

— Oh non, Giulia. Ça ne change rien pour moi, ajouta-t-il.

Je répondis à son sourire et il se pencha de nouveau vers moi, avec une détermination intense. Il retira lentement son doigt et massa de petits cercles tout en remontant vers…

Mon corps se contracta lorsqu'une vague de chaleur se brisa en me parcourant. J'ouvris la bouche pour gémir, mais le son resta prisonnier dans ma gorge.

— Comme ça, Giulia, murmura-t-il dans mon oreille.

Sa voix rauque et le chemin que faisaient ses doigts sur mon clitoris sensible étaient particulièrement efficaces ; je ne sentais plus la force avec laquelle mes ongles s'enfonçaient dans le dos d'Alessandro. Mes cordes vocales étaient douloureuses à force des soupirs qui n'en sortaient pas.

— Ne te retiens pas.

Au moment où je sentais que mon corps était sur le point de se laisser aller à une déferlante de plaisir, il ne termina pas la boucle qu'il était en train de faire et tapota doucement sur la peau de mes cuisses, quelques centimètres plus loin.

Je serrai ma prise sur son épaule et grognai, frustrée qu'il n'ait pas continué.

Alors que les battements de mon cœur se calmèrent et que la pression descendait, il recommença ses mouvements. Immédiatement, mon corps lui répondit comme s'il n'attendait que ses caresses pour s'éveiller. Je ne retins pas mes soupirs alanguis pour lui indiquer que j'adorais ce qu'il faisait et criai presque quand je me sentis arriver de nouveau au bord.

Il retira sa main, et je gémis en ayant la déplaisante impression qu'il m'avait fait passer à côté d'un autre orgasme, qui aurait été plus fort que le précédent à en juger par les picotements qui amplifiaient chaque effleurement.

Alessandro s'occupa de me distraire en caressant ma poitrine. Il ne s'était pas encore attardé sur cette partie de mon corps et mordilla doucement, conscient que le moindre contact à cet endroit risquait de m'envoyer voir les étoiles, sensible comme j'étais. Je sentis mon dos s'arquer et je soupirai. Mes mains se posèrent sur sa nuque et je passai mes doigts dans ses cheveux en m'efforçant de ne pas tirer dessus.

Il fit glisser son index, celui-là qui aurait normalement dû s'occuper de moi, plus bas, autour de mon autre mamelon, en cercles qui rappelaient le mouvement qu'il avait réalisé sur mon clitoris. Lorsque, sans prévenir, il pinça mon téton, je criai et enfonçai sans doute mes ongles dans la peau de ses épaules.

J'ignorais totalement où il m'emmenait, mais la chevauchée était fantastique et, plutôt que de me préoccuper de ma frustration, je décidai de le laisser mener la danse et de profiter pleinement de chaque instant.

Il cessa de s'occuper de ma poitrine et m'embrassa presque chastement. Je sentais les larmes brouiller ma vue ; elles étaient dues aux deux orgasmes manqués, et il déposa un baiser sur chaque paupière tout en massant doucement pour aller vers le bas, évitant les zones les plus sensibles.

Et c'est là que je compris qu'il m'amenait au bord de l'orgasme pour le faire retomber sciemment, puis de recommencer en sachant pertinemment que le prochain serait plus intense.

Je pris de longues respirations pour essayer de calmer mon cœur, et surtout mon excitation, car j'ignorais totalement s'il allait de nouveau me retenir ou non, et cette incertitude monta mon excitation d'un cran. Je n'étais absolument pas sûre de réussir à supporter l'arrêt suivant, et, s'il me mettait au défi, je comptais bien faire de mon mieux pour le relever.

Cette fois, je manquai de lâcher prise lorsqu'un frisson commença de ma nuque et se répandit dans toute ma colonne vertébrale. Mes muscles se contractaient de plus en plus souvent et je tentais inconsciemment de serrer les cuisses pour accentuer la pression de ses caresses. Je mordis mon poignet pour éviter de crier, espérant que la douleur me distrairait. Je sentis qu'il essayait de jauger du regard mes réactions et de voir jusqu'où il pouvait aller.

Il retira sa main, entoura délicatement mon poignet de ses doigts pour l'éloigner de ma bouche avant d'embrasser ce point que je venais de mordre tandis que je m'efforçais de reprendre mon souffle, sans réussir à me calmer. Il bougea pour changer d'appui et j'écarquillai les yeux d'excitation en réalisant qu'il se positionnait complètement sur moi. Je me dépêchai d'entourer sa taille de mes jambes et je soupirai en sentant le poids de son corps totalement contre le mien.

— Je t'aime, dit-il dans un murmure.

C'était comme une évidence pour moi.

— Je t'aime aussi, répondis-je simplement en le regardant dans les yeux.

Il m'embrassa comme si nos vies en dépendaient et, tout en soulevant mon bassin d'une de ses mains, il fit un mouvement pour expérimenter l'angle. Je sentis une douce friction sans réelle pression. Ses muscles se contractèrent et je vis clairement ses pupilles se dilater.

Il reprit lentement et, sans jamais me pénétrer, continua son balancement. La longueur de son membre était en contact avec tous les points les plus sensibles de mon entrejambe et les sollicitait à chaque va-et-vient.

L'excitation, qui n'était jamais vraiment retombée, repartit de plus belle. Les frissons de plaisir picotaient ma peau et chaque mouvement qu'il réalisait était calqué sur ma respiration, la rendant plus profonde. J'arrivai de nouveau au bord et gémis le prénom d'Alessandro.

— Je te tiens, saute, dit-il.

J'ignorais comment il pouvait encore réfléchir, mais je le suivis.

J'ondulai mes hanches pour augmenter chaque fois la pression de nos corps et, lorsque je sentis une nouvelle vague de chaleur menacer de m'engloutir, je ne résistai plus et criai.

Lorsqu'Alessandro se tourna pour ouvrir la bouteille de chianti qui devait constituer notre dîner, je vis les lignes rouges de mes ongles sur son dos. Je m'approchai, enveloppée dans une couverture, et les traçai doucement du bout des doigts.

Je ressentais encore les résidus de mon orgasme résonner dans mon corps tout entier, comme des lucioles qui brillaient dans la nuit. Ma tête tournait un peu lorsque je fermai les yeux et que je me laissais aller à la sensation de bien-être qui en résultait.

Même s'il y avait un espace assez intéressant pour nos ébats dans la voiture, ce n'était pas l'endroit idéal pour se câliner après l'amour. Je m'installai à ses côtés, sur l'herbe, et profitai de sa présence, ainsi que de la fraîcheur qui commençait à se former dans l'air, maintenant que le crépuscule s'était établi dans l'horizon. Je me sentais en sécurité près de lui, et j'étais loin de regretter ce qu'il s'était passé quelques minutes plus tôt.

Il me tendit le verre plein et fit glisser un bras derrière ma taille pour me tenir contre lui. Je bus une longue gorgée et je lui rendis. Le chianti était plus sucré qu'à mon souvenir, mais je supposais que c'était en partie dû au pic d'hormones provoqué par la merveilleuse partie de jambes en… non, c'était bien plus que ça, et nous le savions tous les deux. Il s'était montré prévenant et avait tout fait pour que j'aie le plus de plaisir possible – le procédé avait été frustrant sur la fin, mais le seul mot qui venait à mon esprit lorsque j'y repensais était 'Wow' –, sans jamais me forcer à aller plus loin que je ne le voulais.

J'avais toujours eu cette vision un peu terre-à-terre qu'il fallait absolument avoir sa première fois avec quelqu'un avec qui on estimait ne jamais le regretter, parce qu'il y avait assez peu de chances pour que ce soit un très bon souvenir en matière de plaisir. J'étais certaine de ne jamais avoir de remords en le faisant avec Alessandro, car j'avais confiance en lui.

Non seulement il n'avait pas posé de question comme 'mais tu ne t'es pas débarrassée de ça depuis le temps ?' – je lui aurais mis un coup de genou dans les parties et serais rentrée à pied si j'y avais été confrontée –, mais en plus il s'était révélé être un amant vraiment exceptionnel.

Je tournai la tête et embrassai son épaule. Sa peau avait un goût salé et épicé, exactement comme l'odeur de son corps lorsqu'il me tenait contre lui.

Il se pencha vers moi et m'offrit un nouveau baiser à couper le souffle dont il avait le secret. Je mordillai un peu et le sentis sourire. Lorsqu'il nous laissa reprendre notre respiration, la réponse me sembla d'un naturel désarmant.

— Oui.

PARTIE 3
ALESSANDRO

Pour ce que Giulia en pensait, nous aurions pu nous marier pieds nus sur la plage avec juste le sacerdote, un témoin chacun et dix invités à tout casser.

Finalement, elle accepta de voir les choses en plus grand lorsque je lui proposai de reverser une somme équivalente à celle de notre cérémonie pour des associations de son choix. D'ailleurs, elle avait refusé de faire appel à un wedding planner réputé, car elle était convaincue qu'on essayerait de gonfler les prix, maintenant que la situation s'était stabilisée pour mon entreprise et que je n'avais plus de problèmes financiers en perspective.

Matteo me recommanda une boîte en France qui s'était occupée d'un événement en Italie, et il ne tarissait pas d'éloges sur le talent d'une certaine Sophie qui était une de leurs organisatrices. Giulia était en contact avec elle, et elle semblait très heureuse de ce qui lui était proposé. Nous avions réussi à faire en sorte que son père puisse être là pour la cérémonie ; c'était un explorateur qui écumait l'Amazonie et ne revenait pas souvent en Italie.

Il était vrai que nous aurions très bien pu le faire en comité réduit, mais je voulais qu'elle ait tout ce qu'elle désirait pour ce jour et ne se laisse pas freiner par des considérations budgétaires. Du moment qu'elle soit là, avec moi et que nous profitions de cette journée, je n'avais besoin de rien d'autre.

La Gemma s'avéra être un immense succès commercial. Notre carnet de commandes était plus que complet et nos anciens investisseurs étaient immédiatement revenus me courtiser. J'avais beaucoup de scrupules à accepter que des entreprises injectent leur argent pour faussement croire que nous avions beaucoup de profits, et pour voir ces sommes fondre comme neige au soleil au moindre scandale. Je ne faisais plus que des partenariats d'ordre commercial désormais et avais une visibilité totale sur les bénéfices, ce qui me permettait d'attribuer deux fois de fonds que les années précédentes à chaque pôle.

J'avais proposé à Giulia d'emménager avec moi le plus rapidement possible, comme il me semblait important que nous puissions vivre ensemble et nous retrouver tous les soirs pour discuter de notre journée. Lorsque nous étions allés récupérer quelques affaires chez elle, elle m'avait murmuré doucement qu'elle souhaitait continuer de garder l'appartement, et, remarquant qu'elle appréhendait ma réponse, car j'aurais pu y voir un manque d'investissement dans notre relation, je l'avais juste embrassée en disant simplement : « Il faut de toute manière un préavis de 3 mois. »

Je ne voulais pas la priver d'un filet de sécurité ; une relation de couple était quelque chose de nouveau pour elle, et je comprenais très bien qu'elle ait besoin de ne pas faire de rupture complète d'un seul coup avec ce qui avait constitué sa vie jusque-là. Je n'avais pas reparlé de l'appartement pour lui montrer que j'avais totalement confiance en elle.

Je fis tout pour qu'elle se sente ici chez elle, et n'hésitai pas à faire des arrangements dans la routine de la demeure afin qu'elle conserve son indépendance – elle aimait faire ses propres repas, donc, de temps en temps, elle descendait en cuisine pour préparer le dîner avec notre Chef, qui la laissait faire tout ce qu'elle désirait à sa guise, et discutait de bon cœur avec elle tout en lui donnant quelques conseils sur le ton de la conversation. J'entendais souvent des rires provenant de la cuisine lorsqu'elle y était, et je me doutais qu'Henrietta et Carmela se joignaient régulièrement à eux.

Elle avait craqué pour Angelo, et il le lui rendait bien en l'accompagnant un peu partout et en lui réclamant de l'attention. Elle appréciait beaucoup les promenades avec lui dans le parc après être rentrée du travail, pour se détendre et sans doute penser à autre chose que les dossiers qu'elle avait dû traiter.

Je m'étais rendu compte qu'elle restait plus longtemps à marcher avec Angelo les jours où elle était appelée pour le département de la protection de l'enfance, certainement parce que certains aspects de ses missions l'affectaient. À l'évidence, j'aurais pu créer une organisation caritative financée par mon entreprise et l'y mettre à la tête, mais je craignais qu'elle puisse y voir une atteinte à son indépendance. Je préférai donc reporter à plus tard cette possibilité.

Petit à petit, je repérai certains détails qui montraient qu'elle trouvait ses repères dans la maisonnée : à commencer par sa collection de mugs dans les placards de la cuisine. Et, un jour, je remarquai qu'elle avait laissé traîner des vêtements dans la salle de bains. Je n'avais pas pu m'empêcher de sourire en songeant qu'elle prenait ses habitudes.

Je lui avais fait immédiatement préparer une chambre à côté de la mienne – je bouleversais déjà son mode de vie par notre cohabitation, et, même si la perspective de partager le même lit était plus que tentante, je voulais lui donner un peu d'espace et la laisser venir à moi à son rythme. Au début, elle ne s'installait dans mon lit que pour les longues siestes l'après-midi, lire un livre avant de se coucher ou travailler sur son ordinateur.

Durant cette période, je ne la pressai pas de mes assiduités. Elle était hors de son environnement et la forcer alors qu'elle cherchait ses marques n'était certainement pas la bonne tactique à adopter avec elle – Carmela me l'avait rappelé plusieurs fois : elle n'était pas comme les autres. J'avais des gestes tendres envers elle, mais sans jamais aller plus loin qu'elle ne le voulait et je voyais cela comme un moyen de lui prouver qu'elle pouvait me faire confiance et je constatais que notre attachement affectif se renforçait de jour en jour.

D'ailleurs, j'avais fouillé la Gemma pour trouver un plan que j'avais laissé dans l'un des rangements de portières, et je dénichai à la place une boîte de préservatifs. D'abord surpris, je n'avais pu m'empêcher de sourire en pensant que seule Giulia avait eu accès à la voiture, et ça ne m'aurait pas étonné qu'elle l'ait déposé là le soir de notre rendez-vous, lorsqu'elle avait changé de tenue.

J'hésitai à la laisser en place ou à la lui rendre. Finalement, je rangeai la boîte dans le tiroir de sa table de chevet. Je n'attendais pas quoi que ce soit, et certainement pas à quelques coups frappés à la porte de ma chambre tandis que je m'apprêtais à éteindre la lumière.

C'était Giulia, les cheveux détachés et un kimono qui dissimulait à peine ses formes. Je l'invitai à entrer, et me préparai à enfiler un tee-shirt, mais elle me retint et guida mes mains pour défaire la ceinture de son peignoir.

Ma patience ne fut qu'un faible prix à payer lorsqu'elle se laissa aller dans mes bras de nouveau et que je savourai le bonheur de me réveiller auprès d'elle.

— Pourquoi n'es-tu pas allé jusqu'au bout, cette fois aussi ? m'avait-elle demandé en s'étirant lentement contre moi.

La réponse était vraiment simple. J'avais tellement été concentré sur son plaisir que j'en avais complètement oublié le mien et, loin de me frustrer, j'avais ressenti une sorte de jubilation triomphale lorsqu'elle avait crié mon nom.

— Tu n'es pas frustrée à cause de ça ? m'étais-je inquiété.

Elle fit un 'non' de la tête.

— Mais toi ?

Je l'avais embrassée doucement avant de répondre.

— Je suis heureux comme jamais je ne l'ai été avec toi. Crois-moi, je veux apprendre à décrypter chaque frisson de ton corps pour savoir comment te combler.

Elle avait gloussé contre ma clavicule.

— Et les hommes et leur légendaire appétit sexuel ?

J'avais éclaté de rire à mon tour.

— Tu le découvriras bien assez tôt. Pour moi, le meilleur moyen de te montrer à quel point je t'aime est de te laisser faire les choses à ton rythme pour que tu aies confiance en toi et que, le jour où tu te donneras à moi, ce sera complètement.

Elle m'avait alors souri, et je sus à ce moment-là que j'étais à ma place, auprès d'elle.

LE GOLDEN PLAYBOY VA DIRE OUI !

L'histoire d'Alessandro Contini avec les femmes est digne d'une saga de romans à l'eau de rose.

Le Président de Contini Inc. n'est plus à présenter plus depuis ces derniers mois suite à la scandaleuse affaire dont son entreprise a été victime : le dossier sur notre site internet résume cette épopée pleine de rebondissements ; notamment la trahison de celui qu'il considérait comme son père de cœur.

Si vous êtes un fidèle lecteur de notre magazine, vous savez de quoi je parle. Sinon, nous avons toute une rubrique réservée à ce que vous avez raté sur notre site internet.

Celui que nous croyions destiné à remporter le titre d'Éternel Bachelor le Plus Couru de la Planète va sauter le grand pas ce samedi !

L'heureuse élue ? Une complète inconnue !

Intriguée, je me suis une fois de plus tournée vers la dernière conquête connue d'Alessandro Contini : Maria Laurren.

Cinq mois plus tôt, celle-ci nous offrait l'exclusivité de leur rupture, et elle nous apporte de nouveau quelques pistes de réponses aux questions que nous nous posons, à commencer par le prénom de la future Madame Contini. « Je savais qu'il était amoureux de Giulia depuis qu'il l'avait rencontrée, » affirma-t-elle sans détour, la mine radieuse dans son ensemble signé Gucci. « Il avait trop de respect et de scrupule envers moi pour rompre, à ce moment-là. »

Lorsqu'interrogée s'il lui avait été infidèle, elle démentit immédiatement. « Non, Alessandro refusait simplement de me laisser si j'avais des sentiments pour lui. » Puis, en ajoutant sur le ton de la confidence, « Il n'a jamais trompé l'une de nous, c'est avant tout un homme d'honneur : nous n'avons rompu que parce que j'avais insisté, même s'il m'avait dit que cela ne changeait rien entre nous si ça n'avait été qu'une passade avec Rio. » Miss Laurren faisait bien sûr allusion à Rio Javier, l'acteur de Buenos Aires à l'affiche de 'Mon Cœur ne Bat Plus', le feuilleton médical dont les records d'audience n'ont cessé d'exploser depuis quelques mois. Miss Laurren est apparue dans un épisode diffusé il y a deux mois en star invitée, et son jeu avait été acclamé par la critique. « C'était la première fois que je jouais, et je n'ai pas suivi de cours d'art dramatique. J'ai été impressionnée qu'on m'offre un rôle sans me faire passer d'audition, » nous a-t-elle confié à ce sujet. D'ailleurs, suivant sa rupture avec Alessandro Contini, elle s'était envolée pour Santorin où le grand couturier Rinaldi avait réuni toutes les plus belles créatures d'Italie pour la présentation de la collection été de cette année, sous l'objectif du Célébrissime Marco. Elle a ensuite été aperçue sur les plages de Saint-Tropez en compagnie de Rio Javier, officialisant ainsi leur relation. Mais revenons au Playboy des Affaires. « J'étais au courant qu'il envisageait une relation sérieuse et durable avec Giulia, et je ne voulais pas le priver de ce bonheur s'il se présentait à lui. Des perspectives s'offraient à moi pour le travail, et Rio a été tellement merveilleux en acceptant de m'attendre lorsque je suis partie à Santorin. »

Rio Javier a, depuis, été courtisé par plus d'un réalisateur et des rumeurs affolent la toile sur son implication dans une adaptation en film d'un classique des studios Disney…

Miss Laurren a précisé modestement, avant de mettre fin à cette interview : « Je souhaite à Alessandro et Giulia énormément de bonheur, dont je ne peux qu'être heureuse, car j'y ai un peu contribué, à ma manière. » Notre rédaction de People Gossip News félicite également les deux futurs mariés, même si cela signifie qu'Alessandro Contini renonce officiellement au titre de Célibataire le Plus Convoité d'Italie.

Propos recueillis par Gloria Rossi pour People Gossip News.

Giulia éclata de rire.

— Quel ramassis d'âneries ! s'exclama-t-elle en refermant le magazine.

Elle avait été tellement stressée ces derniers jours, et même si l'arrivée de Sophie – notre Wedding-Planner – avait permis de rassurer ma fiancée, elle était sur les nerfs.

Je savais que cet article, paru ce matin, l'aiderait sans doute à se détendre. Je délaissai le plateau que nous avions fait porter dans notre chambre et me levai pour masser ses épaules et sa nuque. Doucement, je dénouai les muscles crispés autour de ses omoplates à travers la soie de sa nuisette. Je sentis les tendons rouler sous mes doigts et elle soupira de contentement.

— Un peu plus haut, murmura-t-elle.

Je remontai jusqu'à la base de son crâne et elle se mit presque à ronronner.

— Tu sais que lorsque tu arrêteras, je me remettrai à stresser ?

Elle tourna ses yeux suppliants vers moi.

— Dans ce cas, fis-je en l'embrassant, je ne te quitterai pas jusqu'à ce qu'il soit une heure décente pour aller chercher Sophie.

Elle jeta un rapide regard vers l'horloge.

— Ça nous laisse une très bonne demi-heure, constata-t-elle avec un sourire malicieux. Et je sais ce que tu pourrais faire d'autre avec tes doigts en attendant.

Je n'avais pas besoin de lui demander ce qu'elle voulait. Ses joues rougissantes, la lueur dans ses yeux et son cœur qui se mit à battre plus vite parlèrent pour elle.

Donnez-moi un scandale qui risquait de ruiner ma compagnie, un Conseil d'Administration récalcitrant, un discours à faire devant 3000 personnes, vous ne me verrez jamais paniquer.

Mettez-moi devant la porte du lieu dans lequel j'allais dire 'oui', et c'était une tout autre histoire.

— C'est peut-être plus facile à dire qu'à faire, me conseilla Matteo en ajustant ma veste de costume, mais je ne crois pas que tu aies la moindre raison de stresser.

Je grognai.

— Et toi, tu ne stresses pas tout en sachant que Sophie est là ?

Il me jeta un regard noir qui affirmait clairement qu'il voulait avoir le monopole de l'appréhension.

— C'est vrai, ça, renchérit Claudio. Tu nous as baratinés avec 'Ta' Sophie pendant des mois en nous disant à quel point elle est compétente pour organiser des événements, et sans vraiment nous donner les détails les plus croustillants. D'ailleurs, Celia m'a dit...

Mon meilleur ami laissa sa phrase en suspens, visiblement pour en faire baver à Matteo.

— Quoi ?! le pressa-t-il. Qu'est-ce qu'elle t'a dit ?!

J'étouffai un rire. Il avait mordu à l'hameçon.

— Ah non, il va falloir que tu passes à table.

Mon cousin pesta et serra les dents avant de retirer sa veste.

— Sophie est en quelque sorte mon premier amour.

— En quelque sorte ? insistai-je. C'est 'oui', ou 'non'.

Claudio lui fit un grand sourire, et Matteo leva les yeux au ciel.

— Sophie EST mon premier amour, d'accord ?

Il avait admis ce fait de mauvaise grâce, et ça cachait quelque chose.

— Mais... ? l'encourageai-je à continuer.

-

— Mais elle était avec quelqu'un d'autre, même s'il l'a trompée, et elle attend un enfant de lui et elle a eu un accident et son ex m'a conseillé de prendre mes distances.

Je l'observai, sceptique.

— Ne me dis pas que tu étais trop heureux d'accourir pour le Salon de l'Innovation parce que ça t'a donné un prétexte pour la fuir ?

Ma perspicacité le mit visiblement à cran.

— Je crois que Sophie et toi, vous allez avoir besoin d'une longue conversation, conclut Claudio – notre expert en matière de couple. Parce que Celia m'a dit que Sophie compte aller à Rome après le mariage pour te retrouver.

Matteo tourna la tête d'un coup vers lui, les sourcils froncés, comme cherchant s'il disait la vérité.

— Tu crois qu'une femme qui veut t'oublier irait jusque là ? Si elle voulait te retrouver pour se venger, elle aurait des moyens bien plus simples à sa disposition.

— Elle n'a pas de bague au doigt, ajoutai-je.

Je me gardai de dire qu'elle n'avait pas d'enfant non plus, car ça aurait pu être trop récent pour qu'il soit visible à travers ses courbes. Cependant, lorsque je l'avais observée, j'avais remarqué une sorte de tristesse dans son regard dont j'ignorais la cause.

— Vous êtes sûrs ?

Je sentais la joie contenue dans sa voix, comme s'il ne voulait pas avoir de faux espoirs.

— Parle-lui, finit simplement Claudio. Et mets la boutonnière sur le costume de ton cousin, elles ne devraient pas tarder à arriver. Moi, je vais chercher Carmela, fit-il avant d'entrer sous la tente qui nous servait d'église.

Matteo eut un peu de mal à accrocher la décoration sur mon costume, ses doigts tremblaient. Étonnamment, cette discussion m'avait permis de me détendre un peu.

— Je t'ai connu plus courageux avec les femmes, murmurai-je.

— Rappelle-moi une seule fois où tu n'as pas eu peur de tout foutre en l'air avec Giulia ? répliqua-t-il sèchement pour se défendre.

— Tu marques un point. Sois honnête avec elle, conseillai-je, parce que si tu lui mens, elle le découvrira bien assez vite et ça, ça risque de tout foutre en l'air.

Matteo savait pertinemment de quoi je parlais. Il soupira et finit de clipser la boutonnière.

— C'est plus facile à dire qu'à faire, marmonna-t-il.

— Il le faudra quand même un jour, renchéris-je. Surtout si tu veux avoir un avenir avec elle. Elle en vaut le coup, Mat'.
Et toi aussi, malgré ce que tu crois, tu mérites d'être heureux.

— Tu trouves ?

Je lui souris simplement et lui fis une tape sur l'épaule.

— Vous êtes si beaux dans vos costumes, tous les trois, soupira affectueusement Carmela en entrant.

Je lui avais demandé de me conduire à l'autel ; je ne voulais personne d'autre pour m'accompagner.

— Et vous êtes ravissante aussi, fis-je d'un air charmeur.
Elle rit.

— Garde ça pour Giulia, répondit-elle sur le ton de la plaisanterie avant de nous passer en revue.

Le téléphone de Claudio bipa, et il regarda le message qu'il avait reçu.

— Elles vont quitter de l'hôtel. On y va, Mat' ?

Mon cousin hocha la tête et ils sortirent tous les deux. C'étaient mes deux témoins et ils allaient accompagner le cortège des demoiselles d'honneur. Celia et Alia étaient les témoins de Giulia, et comme ma future épouse était déjà amie avec Isabella, c'était une évidence de lui proposer d'être une demoiselle d'honneur.

D'ailleurs, Isabella était fleuriste le jour, et suivait des cours de Krav-maga et autres techniques d'autodéfense le soir. Elle semblait bien douce et inoffensive, mais je ne doutais pas qu'elle puisse mettre qui que ce soit s'approchant trop d'elle en PLS en deux mouvements.

Lorsque Giulia avait rencontré Sophie pour de vrai, elle m'avait murmuré 'je la veux dans mon cortège'. Je pense qu'elle avait déjà prévu de l'inclure vu qu'elle n'ignorait pas qu'il y avait quelque chose entre mon cousin et elle.

Claudio accompagnait Celia, Alia serait avec Isabella et Matteo donnerait le bras à Sophie.

Et j'allais épouser Giulia.

— Respire, mon garçon, tu vas hyper ventiler, plaisanta Carmela.

Je tentai de lui sourire, et nous nous mîmes en place pour remonter l'allée. Je sentis l'attention des invités, qui était concentrée sur moi, mais sans vraiment les voir. Je m'arrêtai devant le banc pour que Carmela s'installe et elle me fit un sourire d'encouragement, auquel je répondis timidement.

J'avançai ensuite jusqu'à l'autel, fermai les yeux et inspirai un grand coup avant de fixer du regard l'ouverture où Giulia devait faire son entrée. Je me concentrai sur les battements de mon cœur et je ne pus m'empêcher de penser au bruit de l'eau qui coulait, aux gouttes qui étaient descendues sur les courbes de Giulia ce matin, quand nous prenions une douche. À l'écho de ses soupirs qui résonnaient contre le carrelage, à son dos qui s'emboîtait parfaitement contre mon torse, aux ondulations de son bassin alors qu'elle cherchait son plaisir et à ses ongles qui s'étaient enfoncés dans la peau de mon poignet pour guider les mouvements de mon index.

Le temps passa au ralenti au moment où j'entrevis de l'activité au bout de l'allée. Tout comme pour mon arrivée, les autres ne furent que des taches de couleur en déplacement. J'étais incapable de jeter un regard à Matteo et Sophie pour constater s'il y avait une réelle attraction entre eux. Je ne pouvais concentrer mon attention que sur ma Giulia.

Oh oui, elle avait raison. Nous aurions pu nous marier pieds nus et habillés de filets de pêche si ça avait pu lui donner le même sourire qui illuminait son visage. Il y avait sûrement une musique pour la marche nuptiale, mais la seule mélodie que j'entendais était celle de ses pas, qui cadençaient le rythme des battements de mon cœur.

Au moment où elle plongea son regard dans le mien, j'eus l'impression d'être de nouveau cinq mois plus tôt. Ses yeux de dryade m'avaient attiré et j'avais sauté sans me poser de questions. Elle avait sans doute aussi peur que moi de franchir le pas, mais lorsque je tendis la main vers elle et qu'elle entrelaça ses doigts avec les miens, je sus que j'avais été anxieux tout ce temps parce que sa présence m'avait manqué.

Maintenant qu'elle était là, avec moi, j'étais certain que j'aurais pu affronter le plus puissant des krakens, car elle me rendait invincible. La moiteur de sa paume contre la mienne trahissait son émotion, et je sentais que son cœur battait à tout rompre.

Je sus immédiatement ce que j'avais à faire. Je fis tourner nos mains de manière à ce que le dos de la sienne soit face à moi, et j'embrassai délicatement la peau douce.

Elle sursauta et écarquilla les yeux, puis elle retira sa main et me prit dans ses bras. Je sentis les autres autour de nous faire des 'Oooh' attendris, et je murmurai à son oreille : « Je t'aime. »

Elle se sépara de moi et m'embrassa.

— Je t'aime aussi, déclara-t-elle.

— Tu es prête ?

Elle fit un 'oui' de la tête.

Main dans la main, nous nous tournâmes vers le sacerdote. J'étais dans une sorte d'état second et seules la chaleur et la prise de sa main dans la mienne me gardaient au sol. C'était une très étrange sensation de n'avoir plus aucune notion du temps et de n'être que concentré sur la personne qui se tenait à mes côtés. J'ignorais franchement ce qu'il pouvait bien se dire ou se faire, et j'en fus presque surpris lorsque tout le monde se tourna vers moi, attendant que je fasse quelque chose.

Giulia m'offrit un sourire timide en voyant ma confusion, et elle décida de commencer à dire ses vœux.

— Alessandro, plus qu'une équipe, nous formons un couple. Je t'aime déjà sans condition et…

Sa voix se cassa sous l'émotion. Elle s'éclaircit la gorge et continua :

— … Et tu représentes tellement pour moi.

Elle fit une moue maladroite, sans doute parce que ce n'était pas vraiment le discours qui avait été prévu. Je pris la liberté de déposer un simple baiser sur ses lèvres pour lui dire que c'était parfait comme ça, et elle fit un sourire désolé. Je lui murmurai :

— Ne t'inquiète pas, j'ai oublié mon texte aussi.

Elle éclata de rire et essuya une larme de ses yeux. Elle plaça de nouveau sa main entre les miennes et ce fut mon tour.

— Giulia, j'ai toujours su que je t'aimais, depuis qu'on s'est rencontrés sur cette plage. Mais je m'en suis vraiment rendu compte dans le placard et…

Je marquai une pause. Giulia faisait une mine choquée et les rires fusèrent dans l'assemblée. J'esquissai un haussement d'épaules, et ma fiancée m'interrompit.

— Vraiment ? s'enquit-elle. Depuis le placard ?

Je sentis Claudio tapoter mon bras et murmurer un :

— Ça, il faudra que tu nous racontes.

J'étais dans le pétrin. Je raclai ma gorge et continuai.

— Giulia, repris-je en tentant de récupérer ma dignité, je te fais le serment d'être toujours là pour toi, de te soutenir et de te rendre heureuse.

Le sourire rayonnant qu'elle m'offrit laissait transparaître ce qu'elle ressentait.

Et ce que j'avais dit, ce n'était clairement pas mon texte.

Lorsqu'elle passa la bague à mon doigt, et que le poids de l'anneau rappelait à mon index sa présence, je pris délicieusement conscience que c'était la preuve physique que j'étais à elle, je sentais mon cœur rugir de bonheur dans ma poitrine.

Ce fut à mon tour, et je refusai de quitter ses yeux. Les siens étaient également rivés sur moi et, quand le signe de notre union fut à sa place, aucun de nous ne bougea jusqu'à ce que l'on nous déclare 'mari et femme'.

Elle approcha son visage lentement du mien, presque timidement. J'étais attendri par la retenue dont elle faisait preuve et je franchis les derniers centimètres qui nous séparaient. J'étais aussi presque intimidé ; c'était le premier baiser que nous allions échanger entre époux, et j'eus l'impression d'être un jeune homme qui allait embrasser pour la première fois.

Ce fut très chaste, mais nous essayions de transmettre à l'autre ce que nous ressentions en ce moment : l'amour, l'attachement, l'acceptation. Je fermai les yeux et la laissai mettre fin à notre baiser.

— Me voici Madame Contini, à présent, murmura-t-elle.

Je fis un 'non' de la tête.

— Avant tout, tu es Giulia. Et je t'aime telle que tu es.

Elle sourit doucement.

— Je suis à ma place, près de toi. Peu importe mon nom, ou le tien. Je suis à toi.

J'appuyai mon front contre le sien et, lorsque je sentis le souffle chaud de son soupir contre mes lèvres, je l'embrassai avec ferveur.

Je tins Giulia par le bras en l'aidant à s'installer sur le pont du bateau. Le clapotement des vagues et la brise marine offraient un moment de repos bienvenu et je m'assis à côté d'elle.

Elle se pressa contre moi et posa sa tête sur mon épaule ; les lanternes électriques que j'avais fait disposer autour de nous donnaient l'impression que sa robe, pourtant blanche, était faite d'or. Elle resserra son étole sur ses épaules et j'embrassai une parcelle de son cou qui était encore dénudé.

— Ça ne sera pas long, encore quelques minutes.

Elle rit.

— Qu'est-ce que tu me prépares cette fois ?

Nous nous étions éclipsés du repas avant la fin et Giorgio nous avait conduit jusqu'au petit port à proximité pour embarquer sur mon yacht. Il n'était pas très grand comparé à quelques monstres détenus par des magnats des affaires et était composé juste de quelques ponts, deux chambres et n'avait besoin que de six personnels d'équipage à son bord.

Je ne l'avais pas fait construire pour impressionner, mais uniquement pour être coupé du monde et me détendre.

— Tu verras, avais-je simplement répondu en continuant de tracer un chemin de baisers jusqu'à sa bouche.

Maintenant que nous étions seuls, elle mordilla ma lèvre inférieure et soupira lorsque j'approfondis doucement. Elle plaça sa main sur ma nuque et m'attira plus près d'elle. Au bout d'un moment, j'avais appris à lire ses baisers, à reconnaître ceux qui signifiaient qu'elle avait besoin de lâcher prise et ceux qu'elle ne voulait faire que pour me prouver à quel point elle tenait à moi. Je la suivis, mais sans essayer d'aller plus loin, la laissant mener sa danse.

Elle s'écarta, à bout de souffle.

— Je t'aime, déclarai-je simplement au moment où un feu d'artifice explosait dans le ciel.

Elle ouvrit la bouche de surprise et sourit, émerveillée.

Il était vrai que j'avais estimé qu'un lâcher de lanterne avait davantage eu sa place sur la plage, mais je m'étais finalement ravisé sur la question des feux d'artifice et avais demandé à Sophie que trois ou quatre soient tirés un peu plus tard du haut d'une falaise qui se trouvait juste à côté.

— Mais c'est... commença-t-elle avant de s'interrompre lorsqu'une marguerite rouge retentit et nous illumina.

— C'est là où nous avons eu notre premier rendez-vous ? termina-t-elle.

Je fis un 'oui' de la tête, et je la sentis sourire tandis que le dernier feu d'artifice était lancé. Elle resta à l'admirer en silence puis elle se mit à bâiller. Elle devait être épuisée. Je la serrai contre moi et lui murmura qu'il était temps d'aller se coucher. Elle acquiesça.

Je l'aidai à se relever et la tint par la main tout en la conduisant à notre chambre. Une fois la porte claquée derrière nous, je me débarrassai rapidement de ma veste et lui défis ses chaussures – elle soupira de contentement en les quittant – retirai lentement ses bas avant de m'occuper des bijoux ainsi que des épingles de ses cheveux, et finis par délacer patiemment le bustier de sa robe qui gardait toute la tenue contre son corps.

La robe tomba dans un bruissement de taffetas, de tulle et de perles et Giulia était tellement épuisée qu'elle manqua de s'effondrer maintenant que tout ce poids ne la maintenait plus au sol. Je l'aidai à enfiler une chemise de nuit et la mis au lit.

Elle s'endormit avant que sa tête ne touche l'oreiller de soie.

Quelques jours plus tard, notre équipée arrivait sur une petite île privée dans les Cyclades. Son emplacement dans l'archipel lui offrait une mer calme et elle n'était accessible qu'en bateau.

Nous saluâmes l'équipage qui allait rejoindre le continent le temps de notre séjour et je montrai à Giulia une autre embarcation qui était amarrée au ponton et que nous pouvions utiliser en cas de nécessité pour rallier une île voisine, davantage peuplée.

Mais le moment n'était pas à nous inquiéter ; je voulais profiter pleinement de notre lune de miel avec elle. D'ailleurs, ma femme s'était empressée de faire le tour du propriétaire ; la demeure aurait pu accueillir quatre couples et disposait de tout le confort moderne, en plus d'une réserve conséquente.

J'aurais pu m'offrir les services d'un personnel, mais je désirais être seul avec elle.

— Ça te plaît ? lui demandai-je une fois qu'elle avait choisi la chambre que nous occuperions.

Elle me répondit d'un sourire éclatant et se pressa contre moi avant de se plonger dans une longue méditation.

— Quelque chose te tracasse ? m'inquiétai-je.

Elle fit un 'huuum' hésitant et je massai sa nuque pour la pousser à me parler. Elle avait une fois de plus mis son shampooing à la vanille et l'odeur se fit plus forte lorsqu'elle fit glisser ses cheveux sur son épaule.

— Tu es fatigué ? Tenta-t-elle finalement.

Elle devait certainement être épuisée de tous ces jours en mer. Je l'embrassai lentement.

— Repose-toi, si tu veux.

Giulia m'embrassa de nouveau, et 'sage' était sans doute le dernier mot que j'aurais utilisé pour caractériser ce baiser. J'hésitai à définir le signal qu'elle m'envoyait comme étant le prélude qui allait impliquer de retirer quelques vêtements ou non.

Elle approfondit la douce caresse de nos lèvres, et je la suivis. La main qu'elle avait posée sur ma nuque descendit le long de mon torse et elle la pressa d'un seul coup sur mon entrejambe, me plaquant contre le mur.

Elle avait rarement initié ce genre de contact en me laissant mener nos ébats, donc j'avais hâte de voir le sort qu'elle me réservait.

— Continue, l'encourageai-je.

Lorsqu'elle leva les yeux vers moi, son regard était voilé d'anticipation et de malice. Elle traça le contour de mon membre à travers le tissu et l'éveilla sans peine. Je l'embrassai et mordis tendrement sa lèvre pour lui indiquer qu'elle ne devait pas avoir peur d'aller plus vite avec moi.

Elle le comprit et défit le bouton de mon pantalon avant de descendre la fermeture dans la foulée. Alors qu'elle baissait le vêtement, je m'empressai de me débarrasser de ma chemise et retirai en vitesse mes chaussures pour envoyer balader ce pantalon ailleurs.

Je pris de nouveau son visage entre mes mains et gémis contre ses lèvres lorsqu'elle posa totalement sa paume sur le boxer. Il moulait complètement mon anatomie et la douce friction de la fibre ajoutée au va-et-vient qu'elle m'imposait m'emmena presque au bord. Son sourire entrechoqua nos dents et je grognai de frustration quand elle écarta sa main.

L'air sur son visage disait clairement 'tu vois ce que ça donne quand c'est toi qui me le fais ?'

Mais le défi mit un peu de piment et je la laissai continuer à sa guise, en me délectant du traitement qu'elle me réservait.

Heureusement, elle fit glisser également mon sous-vêtement sur mes cuisses en me laissant, littéralement, exposé à sa vue. Elle sembla avoir une idée derrière la tête, car une lueur sauvage brilla dans son regard. Elle lécha mes lèvres avec insistance, et je sus que ça cachait quelque chose. J'ouvris la bouche et approfondis le baiser, mais elle s'écarta immédiatement et recommença à mordiller et lécher jusqu'à un mamelon, auquel elle offrit ses attentions. J'adorais les frissons que cela provoquait dans tout mon corps, et mon membre dressé me donnait une sensation de tiraillement qui me rappelait qu'il fallait s'en occuper.

Cependant, je me gardai bien de descendre une main. La perspective de découvrir ce que préparait Giulia était trop excitante pour être gâchée.

Elle se mit lentement à genoux et, lorsque je réalisai ce qu'elle comptait faire, la langue qu'elle posa sur moi m'arracha un cri. Elle dut voir que c'était le signe pour qu'elle continue, car elle m'accorda d'autres coups de langue. La sensation chaude et humide sur ma longueur était juste fantastique. Je baissai les yeux vers elle et touchai doucement sa joue de ma main pendant qu'elle s'appliquait à ne pas aller trop vite.

— Doucement, oui. Prends ton temps, murmurai-je.

Et ce fut probablement la seule pensée cohérente que mes neurones m'offrirent lorsqu'elle positionna sa bouche sur mon gland et en fit lentement le tour. Je me pressai davantage contre le mur en espérant pouvoir m'y accrocher et ne pas céder maintenant.

Je sentais que j'avais commencé à perler, et lorsqu'elle lécha longuement la tête, je fermai les yeux et gémis. Ma main était toujours posée derrière sa nuque, et je suivais avec elle chaque mouvement que Giulia faisait. Je la gardais juste là, sans tirer ses cheveux ou l'obliger à faire ce qu'elle ne voulait pas.

D'un seul coup, la chaleur de sa bouche se referma sur moi, doucement, et elle me coupa le souffle. Je n'allais pas tenir longtemps, surtout avec sa main qui s'était enroulée autour de ma base et qui me caressait au même rythme et en accentuant chaque fois qu'elle descendait sur moi.

La pression était merveilleuse, elle faisait attention à ne pas me blesser avec ses dents. J'arquai la tête en arrière, sentant la jouissance proche. Elle dut sentir que je ne tiendrai plus longtemps, car elle se releva, et je l'embrassai comme si ma vie en dépendait. Sa main retrouva mon membre et elle me caressa sans douceur.

C'était exactement ce dont j'avais besoin pour décoller. Je la serrai dans mes bras et laissai mon orgasme prendre le dessus.

Lorsque je me réveillai, j'étais allongé sur le lit, ma femme dans les bras. Elle se tourna vers moi en me sentant bouger et me regarda tendrement.

— Je suis désolée si j'ai été un peu maladroite, avoua-t-elle.

Je la serrai contre moi et remarquai que j'étais complètement nu.

— Tu as été parfaite, dis-je simplement.

Elle fronça les sourcils.

— Tu dis ça pour me faire plaisir, me contredit-elle.

— Non. Je devrais sans doute te demander où tu as appris tout ça, répliquai-je en lui souriant de contentement.

Elle céda et m'avoua la vérité.

— Les livres à l'eau de rose. Et internet, ajouta-t-elle après une pause.

Je ris doucement et l'embrassai.

Notre lune de miel commençait vraiment bien.

Durant les deux jours qui suivirent, je portai une attention toute particulière aux signaux que Giulia m'envoyait. Je guettai comme un fauve le moment où elle se sentirait prête et je redoutais de me faire emporter par le moindre baiser qu'elle m'accordait – j'avais tendance à appuyer un peu plus mes caresses au souvenir des délices dont sa bouche était capable. Oui, maintenant que le pas était franchi, il m'était difficile d'en faire abstraction malgré tous mes efforts.

J'étais totalement fou d'elle, et je refusais de trahir sa confiance en ne lui offrant pas le choix de décider du moment où elle me laisserait lui faire l'amour.

J'avais parfois le pressentiment qu'elle essayait de me dire quelque chose, mais se ravisait au dernier moment. Je tentai une approche différente et organisai un petit dîner aux chandelles. J'avais réussi à nouer des voilages sur la structure en bois aux abords de la plage qui ressemblait à un abri et l'effet était plutôt exotique – un peu plus et nous aurions pu nous croire sur l'Olympe avec les lampes qui donnaient l'impression que des lueurs étaient en suspension dans l'air.

J'y conduisis Giulia, à qui j'avais dit de fermer les yeux, et la portai comme une princesse dans mes bras. Je pris mon temps pour marcher sur le sable fin, savourant la sensation de son corps contre le mien et l'abandon dont elle faisait preuve. Je passai le barrage à moustiques que j'avais installé et elle plissa le nez en sentant les odeurs de géranium et de citronnelle, puis elle se détendit lorsque les effluves subtils de vanille lui parvinrent.

Je la déposai sur la place que je lui avais prévue et m'accroupis près d'elle.

— Tu peux ouvrir les yeux, glissai-je à son oreille.

Elle le fit et sourit en remarquant le décor que j'avais créé.

— Ce sont des lampes solaires ? Demanda-t-elle en désignant les bocaux qui brillaient grâce à l'ampoule qui se trouvait dedans.

— Oui, j'en bricolais pas mal lorsque j'ai commencé à m'intéresser aux énergies vertes, lui confiai-je.

Elle en prit une et se mit à l'observer, fascinée.

Je ne voyais que la manière dont la lumière faisait apparaître ses formes sous sa robe et je me sentis tout à coup un peu idiot, parce que j'avais prévu de lui proposer un massage et je savais que j'aurais le plus grand mal à me contenir.

Ma bouche se fit sèche et je tentai de penser à autre chose pour ne pas prêter une attention trop appuyée sur sa poitrine. Je décidai d'aller chercher le dîner, qui attendait dans la glacière.

— Alessandro ?

Je me tournai vers elle et, constatant qu'elle ne me disait pas la raison pour laquelle elle m'avait appelé, je m'approchai doucement.

— Oui ?

Elle se leva et posa sa main sur ma joue.

— Tu réfléchis trop.

Je me figeai, n'osant trop espérer quant à ce dont elle parlait. Elle ferma les yeux et approcha son visage du mien. Je vins à sa rencontre et pris mon temps pour savourer ses lèvres. Elles avaient le goût du miel et des fruits et je penchai ma tête un peu plus à gauche pour offrir à Giulia un meilleur angle. Elle saisit l'occasion et mordilla doucement le même endroit plusieurs fois avant d'ouvrir sa bouche contre la mienne. Je la suivis dans sa danse et laissai sa langue aller à la rencontre de sa semblable.

Je gémis et l'accompagnai dans chaque caresse qu'elle m'octroyait. Je gardai mes mains sur sa taille et me forçai à ne pas poser ma paume sur sa nuque, sinon je n'aurais pu m'empêcher de guider ses mouvements. Je voulais qu'elle prenne de moi tout ce dont elle avait besoin, tout ce qui la comblerait.

— Je te veux, dit-elle en me regardant dans les yeux.

Sa voix était rauque sous l'effet de ce baiser qui l'avait mise à bout de souffle, et aussi à cause du désir que je lisais dans chacun de ses gestes.

— Que veux-tu de moi ? La suppliai-je.

— Tout, conclut-elle comme si c'était une évidence.

J'eus l'impression d'être propulsé en apesanteur et d'éprouver une ivresse victorieuse. Je sentis un rugissement résonner dans ma poitrine et je ne doutais pas que c'était l'euphorie qu'elle se considère totalement à moi.

Enfin, elle était prête.

Je respirai plus lentement pour calmer toutes ces sensations grisantes qui risquaient de me faire perdre tout contrôle.

Je l'aidai à se relever, pris ses mains et les guidai vers les boutons de ma chemise. Délicatement, elle les ouvrit, ponctuant de baisers la peau qu'elle découvrait, déroulant de délicieux frissons le long de ma peau qui venaient s'accumuler dans le bas de mon dos.

Une fois le dernier bouton dénoué, elle glissa la chemise sur mes épaules et souffla doucement sur la peau tendre du creux de mon cou. Je résistai à l'envie d'en finir avec mes vêtements et la laissai continuer comme elle l'entendait. Si elle faisait le moindre signe pour retirer sa robe ou si elle réclamait la moindre caresse, il était hors de question qu'elle le fasse seule.

Ce fut au tour de mon pantalon d'être le suivant sur la liste ; elle descendit délicatement les mains sur mes pectoraux et, tandis qu'elle en plaçait une de chaque côté de ma taille, elle se serra doucement contre moi. Je pris sa nuque en coupe et bus au nectar de sa bouche sans retenir mes soupirs, me délectant des siens. Elle mordilla ma lèvre un peu plus que d'habitude et je sentis le goût métallique du sang.

Surprise, elle rompit notre baiser et s'écarta. Je me doutais que ce sang devait être le mien, et ce n'était qu'un faible prix à payer pour tout ce qu'elle m'offrait. Je pris mon temps pour lécher la plaie sous son regard hypnotique et lui souris avant de me pencher une fois de plus vers elle. Délicatement, je posai mes mains sur les siennes et les guidai de nouveau vers mon pantalon.

Elle m'embrassa avec davantage de douceur, et ralentir me permit de calmer un peu mon excitation croissante. J'étais sans doute déjà à moitié dur, la perspective de réaliser notre union ayant fait forte impression – et ce n'était qu'un euphémisme, mais cela n'avait pas d'importance. Je me retiendrais toute la nuit pour elle s'il le fallait.

Ses doigts frais glissèrent sur la chute de mes reins, là où une exquise pression commençait à s'accumuler, et ils s'insinuèrent sous le bord de mon pantalon. Elle en fit le tour d'une délicieuse lenteur, et je me doutais pertinemment qu'elle ne faisait pas durer les préliminaires uniquement pour moi et qu'elle adorait ça, tout simplement.

Arrivée devant, elle s'occupa des fermetures, sans aucune douceur et laissa tomber le pantalon au sol. Il s'écrasa par terre dans un bruit sourd, et je retirai l'une et l'autre jambe avant de le pousser plus loin.

Finalement, elle décida que mon sous-vêtement allait subir le même sort, et elle posa de nouveau ses doigts – qui s'étaient réchauffés – sur le v de mon dos. Je vis le grand sourire qu'elle me fit lorsqu'elle descendit sa main au-delà de l'élastique et la plaqua complètement sur ma fesse avant de serrer un peu sa prise tout en rapprochant nos bassins d'un simple mouvement. Je retins mon souffle pendant qu'elle se penchait pour mordiller un mamelon.

Finalement, elle envoya vite mon boxer rejoindre le reste de mes vêtements. J'étais totalement mis à nu devant elle, et si j'avais des doutes sur l'état de mon excitation, il n'y en avait plus aucun à présent. Je m'enorgueillissais de mon endurance, mais ma femme avait visiblement décidé d'en tester les limites et je comptais ne pas la décevoir.

— À quoi penses-tu ? murmura-t-elle contre mes lèvres.

— À quoi d'autre qu'à toi ? répondis-je simplement.

Le feu de bois flottant que j'avais allumé plus tôt diffusait une chaleur voluptueuse et les langues du brasier qui caressaient ma peau n'avaient rien de comparable à la douceur des doigts de Giulia lorsqu'elle effleura délicatement un chemin le long de ma peau, tout en tournant autour de moi. J'avais l'impression qu'elle me marquait et disait 'tu es à moi, entièrement'.

Tandis que mon cœur s'accélérait, que j'inspirai à chaque fois un peu plus d'air, je fermais les yeux et imaginais son regard sur moi. Ce regard possessif dans lequel des flammes luisaient et pour lequel j'étais prêt à me mettre à genoux pour l'adorer. Un frisson parcourut ma peau et j'étais certain que si je m'étais laissé aller à cette sensation, j'aurais pu jouir avant qu'elle ne me laisse la combler.

Lorsqu'elle fut de nouveau devant moi, j'ouvris les yeux et rejetai la tête en arrière en sentant un nouveau frisson provenant de ma nuque. Elle sembla très contente d'elle, et je lui souris doucement malgré mon cœur qui battait à tout rompre et dont les échos résonnaient jusque dans mes oreilles. L'attente de savoir quand elle me laisserait la satisfaire me forçait à accepter qu'elle mène la danse, et, loin de me déplaire, j'accueillis le changement avec un enthousiasme jubilatoire, car cela voulait dire qu'elle avait confiance en elle et qu'elle désirait que ça se passe ainsi. Et j'avais une confiance infaillible en elle.

Elle glissa sa main en serpentant le long de ma taille et descendit jusqu'à mon entrejambe. Je l'observai avec attention, en tentant de deviner ce qu'elle allait faire à présent. Elle m'offrit rapidement la réponse en me touchant, doucement, sans chercher à faire monter mon excitation. Quelques caresses ici et là, sans réelle intention, et l'air sur son visage me donnèrent l'impression qu'elle calculait quelque chose.

La connaissant, elle devait sûrement essayer de deviner si la taille n'allait pas poser un problème.

— Ne t'inquiète pas pour ça, fis-je d'une voix devenue rauque par le désir que je retenais.

Elle me regarda, surprise que j'aie trouvé à quoi elle pensait. Je traçai du bout des doigts ses lèvres et l'embrassai. Elle prit ma main et la fit remonter le long de sa cuisse, et je compris que c'était à mon tour.

Je mis délicatement les mains sous ses fesses et elle s'accrocha à moi. Lentement, je la soulevai et m'accroupis au sol puis, sans quitter ses yeux des miens, je l'allongeai dans les coussins tout en accompagnant le mouvement de mon corps.

Je traçai un chemin de baisers sur sa mâchoire, son plexus, juste en dessous de la poitrine, sa hanche, puis je posai mes doigts sur sa cheville et y dessinai des vagues, tout en allant un peu plus haut à chaque fois. Elle soupira et je continuai à me diriger vers la peau tendre à l'intérieur de sa cuisse et accentuai chaque frôlement d'une caresse similaire de ma langue. Quand mes doigts trouvèrent une veine dont le rythme était révélateur de son désir, j'embrassai et suçai doucement ce point. Elle gémit et fit glisser son autre jambe le long de mon bras ; elle faisait ça lorsqu'elle voulait que j'aille plus vite, et je n'étais que trop heureux de l'exaucer.

Je continuai à remonter le long du tracé de son pouls et la légère odeur musquée m'indiquait qu'elle était déjà excitée. Je voulais que ce soit parfait pour elle et je repoussai lentement sa robe en mordillant, embrassant et léchant la peau que je dévoilais. Elle fit un faible mouvement de balancier des hanches pour permettre de faire glisser le vêtement vers le haut et arqua le dos lorsque j'embrassai la veine de son cou.

J'envoyai la robe quelque part sur le côté et dénouai l'agrafe avant de son soutien-gorge, puis pressai mon corps contre le sien. Elle gémit et entoura mon dos de ses bras pendant que je continuais de mordiller ce même point. Lorsque ses ongles s'enfoncèrent un peu plus et qu'elle cria mon nom, je constatai que le carré de peau auquel j'avais accordé tant d'intérêt était rouge. La seule pensée qu'elle puisse en garder une trace plusieurs jours me fit doucement onduler contre elle pour accentuer notre contact.

Je couvris sa clavicule d'attentions avant de passer à sa poitrine. Lentement, je tournai autour d'un mamelon sans vraiment le caresser. Son délicieux frisson fit comme une vague s'étendant à toute sa peau et elle posa ses deux mains derrière ma tête et guida ma bouche à son téton. L'excitation l'avait durci et je ne fis que le lécher, l'enfonçant parfois sous la peau en appuyant doucement ma langue dessus. Giulia gémit et accentua la pression sur ma nuque pour que j'intensifie ma caresse.

Lorsque je l'exauçai et suçai complètement, je pinçai délicatement l'autre bouton qui avait été délaissé jusque-là. Sa poitrine se soulevait de plus en plus souvent et ses soupirs se firent de plus en plus profonds. Il était temps de passer à la suite.

J'embrassai le point entre ses seins où son pouls était plus fort et posai ma main à l'intérieur de sa cuisse, puis j'attendis qu'elle me donne le signal de continuer. Elle comprit et glissa sa main le long de mon bras, jusqu'à la mienne, et la guida vers le centre de son plaisir. Elle sursauta et cria presque lorsque mon doigt frôla cet endroit qui réclamait mes attentions, et j'entamai des cercles tout le long de ses lèvres en prenant soin de la toucher, par surprise, là où elle en avait besoin. Elle était assez excitée pour que la lubrification commence à faire son effet, et chaque goutte que mes doigts étalaient la rendait un peu plus fébrile.

Je me reculai et plaçai ses jambes sur mes épaules. Elle ouvrit les yeux et m'observa, le regard voilé, descendre pour prodiguer les caresses de ma bouche sur son centre. Elle cria mon prénom lorsque ma langue toucha son clitoris. Lentement, j'imposai un rythme semblable avec mes doigts, et les concentrai vers son intimité.

Giulia était spéciale : je voulais qu'elle ait le moins mal possible. J'avais retourné dans ma tête durant tous ces mois la meilleure façon de lui offrir un moment dont elle ne garderait pas le souvenir à cause de la douleur, et j'en étais venu à la conclusion que ce serait un jeu de patience et de retenue pour moi. À plusieurs reprises, je l'avais touchée à l'intérieur, mais n'étais jamais allé jusqu'au bout. J'avais testé la résistance de sa membrane et appris par cœur la forme et la taille de l'ouverture de son hymen pour adopter le bon angle. Je redoutais de manquer de précision si j'y allais autrement qu'avec mes doigts et je ne pouvais pas prendre le risque de la faire souffrir inutilement.

J'écartai ses pétales et, tout en mordillant l'intérieur de sa cuisse, je glissai un doigt en elle. Elle était habituée à ce que nous arrivions jusque-là et, en traçant un cercle de long de sa paroi de velours, je constatai qu'elle était prête pour que j'en ajoute un deuxième. Elle tira un peu plus sur mes cheveux et son bassin ondula. Je la retins doucement et continuai. Ses soupirs et ses gémissements m'indiquaient qu'elle était proche de l'orgasme. Je poursuivis les caresses de ma langue et, une fois mon index et majeur en place, je les gardai en position et attendis qu'elle ait atteint le point de non-retour.

Elle n'étouffa pas ses cris, chaque respiration se fit plus difficile et, au moment où ses muscles se contractèrent autour de mes doigts la toute première fois, je poussai. Quand je sentis la peau se déchirer sous mes doigts, je me figeai à l'instant où sa prise sur ma nuque se resserra et que je l'entendis hoqueter de surprise. Je recommençai de plus belle avec ma langue en espérant que son orgasme n'était pas descendu et fis presque un soupir de soulagement lorsqu'elle se laissa emporter.

Sans retirer mes doigts, j'embrassai chaque parcelle de peau qui m'était offerte en remontant jusqu'à son cou. Sa poitrine se soulevait avec plus de force alors qu'elle cherchait son souffle et, le regard dans le vague, elle m'embrassa doucement.

— Qu'est-ce que tu as fait ? murmura-t-elle à bout de souffle. J'ai cru sentir…

Elle contracta ses muscles et fit un 'oh' en fronçant les sourcils.

— Maintenant, c'est toi que je veux, déclara-t-elle sans appel.

J'embrassai son front parsemé de gouttelettes de sueur pendant que je réfléchissais à la manière la plus adaptée de reprendre là où nous nous en étions arrêtés. J'étais certain de ne pas réussir à durer longtemps si j'avais le contrôle de notre position, où je risquais de passer le point où la raison n'avait pas son mot à dire et où je ne chercherais plus qu'à me libérer. Mon membre était douloureusement tendu, et je n'y avais plus pensé, car toute ma concentration avait été focalisée sur elle.

Je retirai doucement mes doigts pour éviter de la blesser et essayai de déceler le moindre indice qui aurait trahi une souffrance quelconque. Elle caressa juste mon épaule en souriant.

— Tu te rappelles, la position sous la douche le matin de notre mariage ? demandai-je simplement, la bouche sèche.

Elle fit un 'oui' de la tête et passa ses mains autour de ma nuque pour que je l'aide à s'asseoir. Je m'installai, à genoux, sur le sol et la laissai se placer contre moi, son dos contre mon torse. Lentement, elle se rapprocha et je lui murmurai des encouragements.

— Lève-toi un peu plus, je vais te guider.

Elle hocha la tête et suivit les mouvements. Elle se positionna contre mon membre, et attendit que je lui montre quoi faire.

— Uniquement quand tu le voudras. Je n'ai aucun contrôle, tu choisiras quand tu seras prête, d'accord ?

Elle chuchota un 'oui' et prit ma main, qu'elle fit glisser contre son ventre. Je descendis plus bas, espérant pouvoir lui offrir un deuxième orgasme. Elle siffla et se contracta à la seconde où j'effleurai le même endroit qui l'avait fait décoller. Sa main trouva la mienne et elle la positionna à peine plus à gauche avant de me faire faire une pression. Le frisson qui parcourut son corps était le signe incontestable que je pouvais continuer. Doucement, lentement, je pris mon temps et, alors que son bassin effectuait le rythme exact de mes attentions, elle décida que c'était le moment pour elle.

Elle descendit sur moi, et je fis mes caresses moins appuyées afin qu'elle y aille réellement à la vitesse qu'elle désirait. Je ne voulais pas qu'elle me prenne d'un coup au risque de se blesser. Elle attendit de s'habituer avant de continuer.

— C'est parfait, vas-y à ton rythme. Je t'aime, murmurai-je à son oreille.

Je mordillai doucement son épaule et goûtai au sel de sa peau. Je résistai à l'envie de mordre mon poignet, car j'avais très rarement eu l'occasion de vivre une expérience aussi forte et fragile que de faire l'amour à Giulia. Je me concentrai sur ma respiration pour ne pas finir alors que sa chaleur m'entourait.

Je repris le mouvement qu'elle m'avait indiqué plus tôt pour faire monter son excitation, et elle commença, d'abord lentement et de plus en plus rapidement, à bouger son bassin. Je sentais que je ne pourrais pas contenir quelques secondes de plus toute la tension que j'avais accumulée.

— Giulia, je ne tiendrai pas longtemps, grognai-je, le front contre son dos.

— Alors viens, gémit-elle en frissonnant.

Elle accentua ses va-et-vient en criant chaque fois qu'elle se laissait retomber. Je vis les étoiles sous mes paupières lorsqu'elle se resserra autour de moi.

EPILOGUE

— Dis, Celia, qui est le garçon qui joue avec Claudio ? demanda une petite fille à sa cousine, âgée de quelques années de plus qu'elle.

L'autre fillette plissa les yeux et observa les deux garçons qui jouaient.

— Lui, c'est Alessandro, répondit-elle simplement.

Voyant sa cousine hésiter en faisant tourner un pied sur place, elle soupira et ajouta :

— Il est riche, et il ne s'intéresse pas aux filles comme nous.

L'autre leva la tête vers elle et Celia vit clairement qu'elle avait les larmes aux yeux.

— Allez, viens, on ne devrait pas se trouver là.

Elle prit la main de Celia, qui la ramena vers leurs parents, quelques mètres plus loin. Les deux couples discutaient, et l'une des femmes observa la plus jeune des cousines et s'exclama :

— Mais où est ton chapeau ?

La petite posa les mains sur sa tête, et elle se rendit compte qu'il n'y était plus.

— Je vais le chercher, dit-elle avant de tourner les talons, sans attendre d'être accompagnée.

— Ne pars pas seule ! entendit-elle crier derrière elle.

Elle courut jusqu'à l'endroit où elle s'était trouvée quelques instants plus tôt. Il n'y avait plus une seule trace de son chapeau. Elle tomba au sol et commença à pleurer.

— Hé, c'est à toi ? fit une voix.

Elle leva la tête vers le garçon qui se tenait là. Il avait son chapeau dans sa main.

Elle sourit et tendit les bras vers lui. Il le lui remit doucement et l'aida à se relever.

— Je suis Alessandro. Comment t'appelles-tu ?

— Giulia, répondit-elle timidement, le cœur battant à tout rompre.

— À quoi penses-tu ? Entendit-elle Alessandro murmurer dans son oreille.

Elle sourit et se pressa un peu plus contre lui. La chaleur de son corps et la douceur de ses mains qui massaient les muscles encore douloureux de leurs ébats lui donnaient l'impression qu'elle était à sa place, dans ses bras.

— Oh, quelques souvenirs, répondit-elle en l'embrassant.

Fin

SOPHIE EST MON PREMIER AMOUR, D'ACCORD ?

MAIS...?

MAIS ELLE ÉTAIT AVEC QUELQU'UN D'AUTRE.

PARCE QUE CELIA M'A DIT QUE SOPHIE COMPTE ALLER À ROME APRÈS LA SOIRÉE POUR TE RETROUVER.

MÊME S'IL L'A TROMPÉE. ET ELLE ATTEND UN ENFANT DE LUI ET ELLE A EU UN ACCIDENT ET SON EX M'A CONSEILLÉ DE PRENDRE MES DISTANCES.

JE CROIS QUE SOPHIE ET TOI, VOUS ALLEZ AVOIR BESOIN D'UNE LONGUE CONVERSATION.

TU CROIS QU'UNE FEMME QUI VEUT T'OUBLIER IRAIT JUSQUE-LÀ ?

SOIS HONNÊTE AVEC ELLE, PARCE QUE SI TU LUI MENS, ELLE LE DÉCOUVRIRA BIEN ASSEZ VITE ET ÇA, ÇA RISQUE DE TOUT FOUTRE EN L'AIR.

C'EST PLUS FACILE À DIRE QU'À FAIRE.

IL LE FAUDRA QUAND MÊME UN JOUR. SURTOUT SI TU VEUX AVOIR UN AVENIR AVEC ELLE.

ELLE EN VAUT LE COUP MAT'. ET TOI AUSSI.

139

Nous recherchons une maison d'édition qui souhaiterait éditer 'Sa Douce Séduction' en BD.

N'hésitez pas à nous contacter : contact.carolinesam@gmail.com

**Un grand merci à l'illustratrice Marine pour ses dessins
Je vous invite à la suivre.**

@MARINEK_ART

**Un grand merci à la coloriste Ambre.
Je vous invite à la suivre**

@ALYAESTRADA

<u>REMERCIEMENTS</u>

Cette nouvelle n'aurait pas vu le jour sans le soutien de Delphine.

Je tiens particulièrement à remercier mes fidèles lecteurs/ lectrices.

Sans oublier mes fidèles bloggeuses : Aurélie, Céline, Charline, Samantha, Emilie, Lea, Liz et Marie.

Kisss à tous
Caroline Sam's

<u>DISPONIBLE CHEZ LE MÊME AUTEUR :</u>

Et Tout À Basculé' l'intégrale chez Juno Publishing
Regroupant les 3 tomes :

> *Si J'avais Su – Tome 1*

> *Si tu savais – Tome 2*

> *Si je pouvais – Tome 3*

Antonio Sortie Septembre 2025

<u>Suivez l'actualité de Caroline Sam's sur :</u>

CAROLINESAMS

Caroline Sam's
@caroline_sams

TikTok